원룸 조교님

원룸 조교님 1

초판 1쇄 발행 2023년 10월 1일
초판 2쇄 발행 2023년 11월 17일

지은이 지붕
펴낸곳 (주)거북이북스
펴낸이 강인선
등록 2008년 1월 29일(제395-3870000251002008000002호)
주소 10543 경기도 고양시 덕양구 청초로 66
덕은 리버워크 A동 309호
전화 02.713.8895
팩스 02.706.8893
홈페이지 www.gobook2.com
편집 오원영, 류현수
디자인 김그림
디지털콘텐츠 이승연, 임지훈
경영지원 이혜련
인쇄 지에스테크(주)

ISBN 978-89-6607-469-3 04810
978-89-6607-468-6 (세트)

01

유어마나

차례

01
지하철

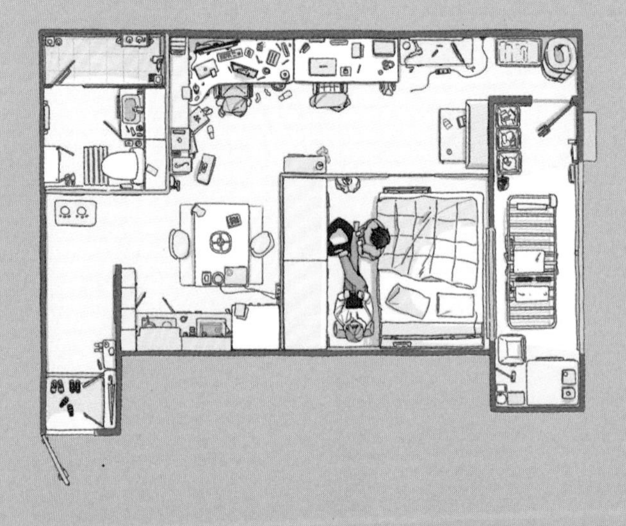

2년 만에 복학한
학교 행정실에서
형을 만났다.
어 그래, 우윤아.
이것만 복사해서—
저기
우진형 조교님한테
가져다줄래?
우진형, 26살,
대학원생, 행정실 조교.
아는 정보는 이게 전부다.

늘상 무표정에 말도 없고
사적인 얘긴 절대 하지 않고

남들과 어울리는 게 조금 버거워 보였다.

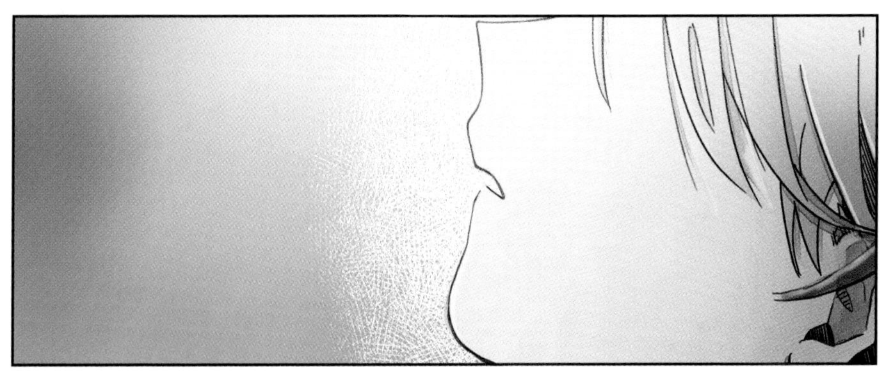

어쩐지 남들과는 다르게

혼자
다른 세상에
살고 있는 것 같은
사람이었다.

그런 형이 좋아요.

아니,
우윤아, 난
네가 생각하는…
그런 사람이 아니야.

난 그냥 조금…
내성적인 사람이야.

남들 앞에서 날 드러내는 걸 잘 못하고
다른 사람들에게 굳이 날 드러내고 싶지도 않아.

네 생각과는 많이 다를….
상관없어요.

그렇게 형을 알아갈수록

형은 점점

이상해졌다.

히히히,
못 가!!
TOILEt
똬앙!
찌릿…
형,
저 지릴 것
같아요.

우유나,
이거 봐,
이거 봐.
후끈~!
← 교수한테 복수
"박사씩이나 돼서 석사한테 조르는 꼴이라니. 이걸 학부생들이 알면 뭐라고 할까요?"
"어… 어서… !!"
"갖고 싶나요?"
"갖, 갖고 싶어..! 뭐든지 할테니까…!"
"그럼 이 논문, … 통과시켜."
조교는 교수의 얼굴에 거칠게 흉측한 논문을 들이밀었다.
히~
장난
아니쥐~!
오늘 스무 권
질렀는데
이게 제일 핫해.

형과 사귀면서 나는
'내향인'의 정의를 재정립했다.

난 그냥 조금…

내성적인 사람이야.
우윤아, 만화나 소설 보면 자주 나오는데…
지하철에서 남들 모르게 그런 짓을 하는 게 현실적으로 가능한가?

형, 제발
미친 소리 좀
그만해요.
빼액-!
아,
왜애~!!!
아니,
봐봐.
이런 장면
종종
나오잖아.
뭐 하는 거야?
이런 곳에서!
너만
소리 안 내면
안 들켜.
어떻게
이렇게
확언하는데!

안 들키겠냐?
뭐…
뭐 하세요?
이런
미친놈들이…?
앞사람이 폰으로
뭐 보는지도
다 보이는데!
음…
만원 지하철
이라면요?
마찬가지지!
다 보여!
뭐…
뭐예요?
웅성..
재밌겠다.
같이 해요.
기웃
기웃
웅성..
버럭
아~ 씨!
모텔 가요,
좀!!!
미쳤나 봐

새벽까지 과제하다
2시간 자고 출근하는데
그러고 있으면
너무 열받을 것 같아.
퇴근 시간이어도
화나는 건 마찬가지야.
바로 신고 때린다!
낑낑
그렇게
소리 내면 다들
알아차릴걸.
주물럭..
낑낑
주물럭..
아니 누가
출근 시간부터
그런 짓을 해요.
벌떡
음… 그럼
한산한
막차 시간?
오…
막차로 퇴근하는
대학원생한테
살해당하는
엔딩이겠다.
크흥…!
주물
주물
하앙
아앙
형 은근히
속에 화가
많은 것 같아요.

내가 몇 번
시뮬레이션해 봤는데
절망적인 결과밖에
안 나와.
이런 귀신
들린 놈들이.
홰
액
아악.
악.
그런
시뮬레이션을
왜 해요?

그리고 넌
이럴 것 같다고.
아, 하기로
했잖아~~.
우물...
꾸물...
역시 전
못 하겠어요.
아무래도
제정신이 박힌 이상
그러겠죠?

뭐
그런 것보다 그냥
범죄 아녜요?
그렇지? 보통
지하철에서
난동 피워도
끌려가니까.

결국 픽션적
허용이라는 건데
이렇게 자주 쓰이는
것도 신기하네.
의외로
흔한
판타진가?

실제로 본 적
있긴 한데….
뭐?

전에 밤새 놀고 첫차로 집 가는데 옆에서 그러던데요.
아아~.
키득
사람이 적지도 않았는데.
뭐 어때.
키득
부스럭
하지 마아~.
그, 좀…
상식 밖의 수위까지… 그렇게 하고들 계셨는데
아이씨, 방을 빌리지 여기서 왜 저래.
아이~.
사람들 봐아~.
사람들 몰라.
쩝 쩝..
모르겠냐?

그 사람들
내릴 때까지
주변 사람들 아무도
뭐라 안 하고
오히려 다른
승객이 옆 칸으로
피했어요.
미친, 진짜….
그윽
말도 안 돼.
망국의 징조다.
흠….
우윤아,
우리—
안 할 건데요?

침실은 미닫이문으로 분리되어 있고
거실도 없고

여기서 형과 살고 있다.
쏴아아아,

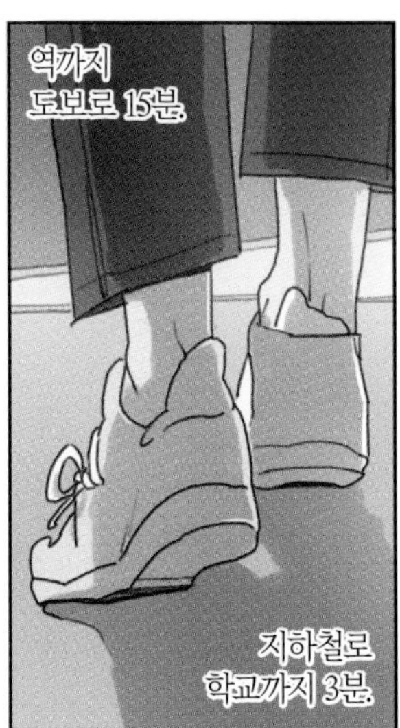
역까지
도보로 15분.
지하철로
학교까지 3분.

딩동.
이번 정류장은
A대 정문입니다.
버스로 25분, 도보로는 40분.

쏭 하이—
하이—
마음에 드는 집을 고르다
통학 시간이 꽤 길어졌다.

다들 과제 챙기시고—
오늘
근로 가?
응,
먼저 갈게.
덜컹
수고—
강의가 끝나면
학교 행정실에서 일한다.

선생님,
저 왔어요.
아, 우윤이
왔어?
들어가서
어제 하던 거
마저 해주고~.

내숭 떠는 조교님과

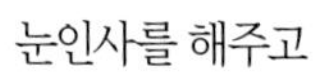

눈인사를 해주고

이제 사람들과 헤어지고

둘만 남게 되는 이 시간이

씨익
나만 아는 형으로 변하는 순간이다.
어쭈,
넌 왜 웃어~?

저녁 뭐
먹을까요?
음~
비빔국수에
대패 삼겹.
이 미친
것들이!!!

아주 공공장소에서
물고 빨고 난리가 났네.
니들이 짐승이야??!
진정하세요,
할아버지.
애들이 뭘 배우겠어!
주변 안 보여,
지금??!!?

왁
어딜
도망가!
아,
내린다고요.
팍
웅성
웅성
으아…
뭔 일이래요.

휴..
안 하길 잘했다,
그치?
할 생각
없었는데요.

02 남자들의 싸움

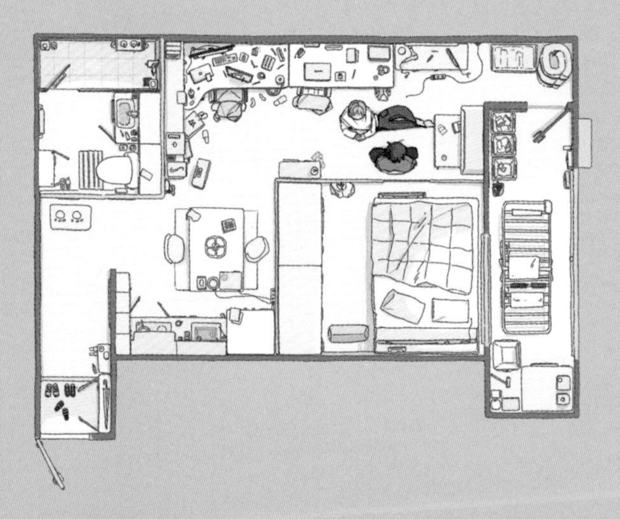

송우윤,
23세.
지금 울기
일보 직전이다.
퍽
봐봐.
퍽
봐
보라고!!
퍽
퍽
형!
퍽
퍽
퍽
퍽
오빠,
그만해요.
내가
만만하냐?

이 남자는
생명과 신입생.
새끼야—!!
너 오늘
뒤질 줄 알아라!!
송우윤의 후배이자
전공 강의
팀플 조원이다.

조별 활동에
비협조적인
태도를 보이지만
주말은
알바 땜에
안 돼용.
평일은
토익 학원
가용.
23살
n+2학번
20살
n+2학번
연상이라 20살
동기들이 불만을
표하기 어려운 상황.

결국 동갑이고 선배인
송우윤이 총대를
메고 입을 열었다.
23살
n학번
가능한 한
제일
단호한
표정!
계속 이런 태도로
나오시면 저희도 이름
뺄 수밖에 없어요.

…가 이런
상황까지
오게 되었다.
내가 니
아랫사람이냐?
이 양아치야?!
퍽
아, 놔봐!
……!!!
형, 진정해요.
퍽
퍽
퍽
퍽
퍽
동갑이
새내기라니까
우습냐고.
이 오빠 왜 이래.
떨어져서 얘기해요.
몸통 박치기…?
너무 무섭고
싫다.
새끼가.
우습냐고.
퍽
이 사람
왜 이래?
제발 진정해요.

왜 나한테
이런 일이…?
퍽
그냥
말하지 말걸.
도망가고 싶다.
기절했다 깨면
모든 게
끝나있었으면.
퍽
퍽
극도의 스트레스
상황에서
여러 생각이
교차하는 와중에
그만 그닥
중요하지 않은
문제가 뇌를
차지하고 말았다.
퍽

그런데
지금…
가슴 너무…
비벼지고
있지 않나…?

빠아앗—!
그 와중에 잘도 그런 생각을ㅋㅋㅋㅋ.
달
달
아, 아니이…
이제 날도 더워져서 옷도 얇은데 그러니까….

그… 말단부도
마구 스치는데
너무 민망했다고요.
갸악!
학하학학학
그래도 다행히
후배들이 잘
말려줘서 금방
마무리됐어요.
꽉
놔봐.
왁
놔보라고!
형, 쫌! 선배
화났잖아요!
빌 그 레..
……
빡쳤냐?
쳐봐!
쳐보라고!!!!!
작작 좀.
끼야악!
머리 식히곤
본인도 후회되는지
잠자코 협조해서
잘 해결됐어요.
그… 시간
빼보겠습니다.
그러셔야죠.
뻘
쭘..
으힉ㅋㅋㅋㅋㅋ
ㅋㅋㅋㅋㅋㅋㅋㅋㅋ.

…그래서,
…후우.
날 두고 남자 신입생과 가슴을 비비셨다?
그런 식으로 말하지 마세요.
으앙~!
난 그것도 모르고 연구실에서 우유니 고기 사줄 돈 벌고 있었는데, 우유니는…!
쿵
쿵
끈적
끈적
우유나, 나 힘낼게…
부비 부비
쿵
안 그랬어요!!

남자애들
그러고 싸우는 거
중고딩 때 많이
보긴 했는데
쳐봐~!
쳐보라고~!
뒤지고 싶냐.
왁-!
꺅-!
이거 놓으라고~.
이 새끼 말려.
저한테도 이런
일이 생길 줄은
몰랐어요.
그것도 성인이 돼서….
꺅-!

어릴 때 여러 번
본 거랑 똑같이
진행되니까
꺅
야, 말려, 말려.
별것도
아닌 걸로
격하게 싸우기
늘 같은 대사
아, 놔봐.
놓으라고.
XX.
늘 같은 행동
그리고 늘
비슷한 사람
XX.
고양이처럼
기싸움만
하다 끝나기
놔보라고.
쉭
쌔익
뒤진다.
말리는 거에
못 이기는 척
내가 봐준다 하고
안 머쓱한 척 끝내기
꺅
제 일인데도
약간 현실감이
떨어져서 헛생각이
드는 거예요.

형은 그러고
싸운 적 없어요?
왁
왁
교실
혼자 쓰나.
왁
없지. 바보 같잖아.
중학생 때도
안 그랬어.
저도 늘 보기만
했는데 이렇게 몸이
밀착되는지 몰랐어요.
왁
놓으라고, XX.
네가 참아.
왁
무서...
왁-!
그렇게 거칠게
몸이 부딪히다 보면
친구 이상의 감정이
들지 않을까요.
아니...
보통 싸울 땐
흥분해서 그런 건
의식 못 하겠지.
근데 보통
본격적인
주먹싸움까진
안 가고
대부분 그 상태로
꽤 오래
기싸움만 하잖아요.
아! 놔봐!
야, 네가 참아!
확
와
악
놔보라고!
새끼야!!

당장 흥분에
못 이겨
달려들었다고 해도
기싸움이 길어지면
분명 머리가 식고
다른 생각이 들 텐데.
아…
너무 오버했나?
좀 더 적극적으로
말려주라, 친구야.
좀 안 치나?
나 아까부터 너무
'새끼야'란 말만 하지 않나?
레퍼토리를 좀 바꿔볼까.
사실 별거 아니었는데
분위기 타서
싸움까지 왔지만
내 의지로 그만두긴 좀
가오 상하고 계속
이러자니 좀 지치는데.
아, 계속 비볐더니
마찰열 때문에
가슴이 따듯해.

그보다 이 자식,
안에 티셔츠
안 입었나…?
스
삭
슥
삭
아까부터
그게
스치는데….
누가 이딴
생각을?
엇, 일단
전 했는데요.

즐겼구나.
끼
약-!
아녜요!!!
생각만!
그냥 생각만 했다고요!
진짜 하나도 안 좋고
그저 지옥 같았어요!!!
나랑도 그런
딥한 스킨십은
아직인데 질투 나네,
그 자식….
공공장소에서
가슴을 막
비비고….
그걸 스킨십
취급하지
말아주세요.

흠,
안 되겠다.
나랑도 하자.
?
엑,
네?
휙
벌러덩
올라타!
팡
팡

얼른~.
으...
으아아
아아아아.
왜, 싫어?
극, 그게
아니라,
저 아직
23살이에요~!
ㅋㅋ 이게 웬 떡,
연하남 개꿀~.
악
그런 말
하지 마세요.

안 할 거야~?
아, 아닌데….
저희 아직, 그,
진도가 너무 빨라요,
조교님…!
싫음 말어!
근데 삐질게.
악!
안 돼요!
꾸물~.
그럼 어떻게
해야 돼.
이, 이게
웬 떡….
골취~ㅋㅋㅋ.
주춤..
이 말도 꼭
해줘야 하는데.
"쳐봐~!"
"쫄았냐?
쳐보라고~."
막 이렇게. 그치?

…제가 형을
무슨 수로 쳐요….

당연히 말만….
부비..

고마워요, 형.

지금 저
위로해 주는 거죠.

별 웃긴 일이
다 있다고 그냥
넘기고 싶은데

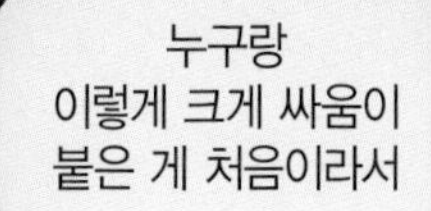

근데 형이
제 얘기에 실컷
웃어주고
하악
하악
하악
하악
하악
하악

이렇게 형이랑
붙어있으니까…
아까 일 같은 건
이제 평생 기억도
안 날 것 같아요.
항상 장난스럽게
풀려 하지만 사실
늘 배려해 주는 거….
푹
꾹
욱
?!

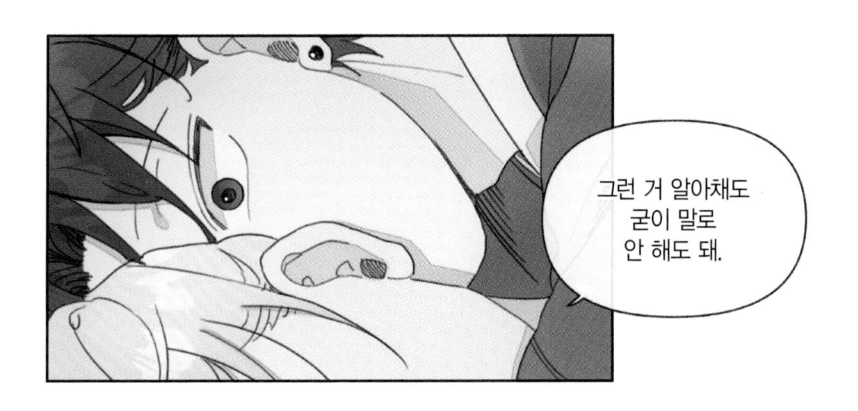
그런 거 알아채도
굳이 말로
안 해도 돼.

부끄럽게….

킥킥..
형 진짜 이상해요.
'올라타!' 같은 말은 괜찮고 이건 부끄러워요?
꼬옥
흥.
그런 낯간지러운 얘기만 하고
안 비빌 거야?
…아뇨.
꾸욱
아까 한 거의 열 배는 더 비빌 건데요.
알았어.
"너 오늘 뒤질 줄 알아."
네, 죽여주세요, 형.
ㅋㅋㅋㅋㅋ.

오늘은
교양관에서 먹자.
육개장 나온대.
좋아요~.
왁
와
아
엇, 저기
접촉사고 났다.

네가 잘했네,
내가 잘했네.
퍽
퍽
퍽
어쩌고저쩌고.
퍽
퍽

퍽
아침부터
격하네.
퍽♡
즐기고
있을 듯.
퍽♡
기분 좋겠다.

03 생명과 남돌

원룸조교님

교내 카페
아이스
아메리카노
하나 주세요.

우유니다.
밥 늦게
먹었나 보네.
어,
생명과 남돌이다.

엥? 어디.
쟤? 남돌?
남돌인데
생명과야?
키 크다.
아니,
진짜 남돌 말고.
스타일이. 머리 봐.
아, 있네—
시험 기간에도
저러고 세팅하고
다녀.
쿠
쿠
ㅋ
ㅋ
ㅋ
ㅋ
ㅋ

탕—
삐르륵—!
형, 저
왔어요.

MILK
송밀크
사랑해

꺄
허엉—!
악—!
사랑해요—!
날 가져.
…….
아 아 악—!
깨물 하트
해줘어어어억.

생명과 남돌,
근로 해?
커피 조공 왔어.
그거 하지 마….
끄응…!
어제 같이 사는
형도 그걸로
엄청 놀렸어….
야,
즐겨~!
그 소리 들으려고
맨날 머리 매만지고
다니는 거 아니었어?
아니거든….
드륵—
너도
대강 다
알잖아….
긁적
아연이
친구가….

송우윤
19세
아.

어 오빠,
깼어요? 안녕하세요—
안, 안녕, 유경아….
휙

후다닥

야, 네 오빠 살 빠졌어?
뭐?
아니, 원래 좀 볼살도 있고 동그란 인상이었는데…
코랑 턱이 생겼는데?

아, 안녕…!
(바로 방으로 도망감)
키는 뭐 너네 가족들 원래 다 크고.
안경 벗은 건 첨 보는데.

엉. 6월 모고 죽 쑤고 살 쭉쭉 빠졌어.
멸치 됨.
어쩔 좋아—
아이고— 울아들—
한의원 다니고 쌩 난리였어.
수능 잘 봐서 망정이지, 재수했음 미라 됐을 듯.

개 부러워, 이제
3월까지 논대.
난 이제부터
학원 빵빵인데.
우물
야, 몰랐는데
우윤 오빠
잘생겼다.
미친.
여고라
눈 낮아졌냐?
아 씨, 그런 거
아니고 진짜.
오빠 렌즈 안 껴?
우욱...
몰라.
나 파우치
가져왔는데—

ㅎㅎ
안냐세여~.
야,
송우윤.
타앙
깜짝!
나와.
신유경이
니로 인형놀이
하고 싶대.
아아
야!
콱
ㅎㅎ 아니에요,
오빠. 오빠도 이제
대학생이니까
좀 꾸미고
그래야 하니깐~.
질
질
제가 오빠
개강 남신
만들어드릴게요!

오….

…다시 태어난 걸 축하해요, 오빠.
웩
걍 역겨운디.

월요일
우윤 오빠~.
좋은 아침~.
6:00AM
어, 엇.
오빠 학교 일찍 끝나죠.
오, 오전만….
오빠 남돌로 만들어드릴 테니까 학교 끝나면 이대로 울 학교 와주세요.
탁
탁
아연이 체육복 갖다준다면서.
별 생쇼를 다 한다.
아, 이쁜 오빠 오면 너도 기 산다니까?!
이벤트라고는 시즌별로 오는 바바리맨밖에 없는 여고에 이런 거라도 있어야지.
뒤적
뒤적
애들 뒤집어질 듯ㅋㅋ. 오빠, 귀는 안 뚫으세요?

…안녕.
등교.

뭐임?
뭐임?

야, 이과 2반
송우윤 성형했대!!!
그게 누군데.
넌 좀 해라.
악
탁
등교
3시간 만에
루머 생성.

하교 후,
ㅁㅁ여고.
타교생은 들어가면
안 되는 거 아냐…?
부재중
변태들도 막
들어오는데 오빠가
왜 안 돼요~.
변….
뭐라 하면 가족도
안 되는지 몰랐다 하고
나가면 돼요.

남자다.
술렁…
술렁…
남친?
은갈치 교복
OO고다.

아연아,
체육복…
가져왔어.

그럼 집에서
봐….
나 오빠
데려다주고
올게~.

탁
탁
탁..

미친, 대박.
뭐야, 송아연
오빠 뭐냐?
ㅋㅋ 유전, 유전.
와
'아연아'래.
친오빠 아니네.
돈 주고 샀네.
아ㅋ, 웬 오바야.
몇 살?
ㅇㅇ고?
여친 있냐.
와, 송아연은
고릴란데
오빠는
토끼남이냐.
으쓱ㅡ
야, 네 오빠
성형했어??

송아연의 애완 오빠로 활약하다
대학 합격 후 자취하면서 은퇴한다.

…그랬었는데.
ㅋㅋㅋ
정작 울 학교에선
그 정도까진
아니었는데.
암튼 그때도
그랬지만 저거
다 한때다.
넌 신경도
안 썼잖아.
왔냐,
매점기?
으응….
너 막 복학한
지금이나 여초 과
애들이 저래주지,
담 학기에 봐라.
뻥 빠지면
타 과 복학생?
아무도
관심없어~.
지금 실컷
들어둬라~.

네가 진짜
아이돌처럼
잘생긴 것도 아니고—
이게 무슨
소리지.
헉…
아,
안녕하세요,
조교님.
벌
형??
떡
저, 노는 게 아니라
커피만 주고
가려고—
우윤이면
당장 데뷔해도
어지간한 남돌
뺨을 치지!
흥!
허…
……? 그건
아니에요!!
바
락!
얜 기껏해야
일반인치고
보기 좋은 거예요!

우윤아, 집 가라.
그리고 얘 같은 뚝딱이가 무슨 수로 데뷔를 해요;;
삐
걱
비주얼 멤버지!
단체 안무 땐 구석에 있다가 루즈해질 때만 센터에 나오는 얼굴 멤버야.

택도 없어요.
아, 저
기껏해야 대학에서 '쟤 좀 괜찮다' 소리나 듣는 남자는 평생 비주얼 멤버가 될 수 없어요.

아냐! 전에 같이 카페 갔을 때
죄송한데 저… 혹시 연습생이세요? 연습생 맞죠?
맞는 것 같은데.
이런 일도 있었어!
뿌-듯!
헷갈려서 직접 물은 것부터 아닌 거예요.
진정한 비주얼 멤버면 물을 것도 없어요.
왜 매니저도 없이?
아이돌이다.
후광
와, 연예인이다.
여기 뭐 찍나?
…또, 또, 전에 상수에서 놀 때 어떤 사람이 피팅 모델 할 생각 없냐고….
부들
부들
그런 사소한 일화 하나하나를 잘생겼단 증거랍시고 내미는 자체가
와아
어중간한 남자밖에 안 된다는 증거예요!!

우진형은 승희와 조금 친해졌다.

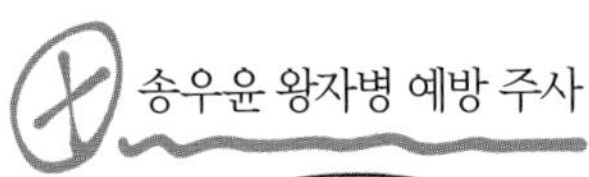
송우윤 왕자병 예방 주사

나 혹시 몰라 경고하는데 잘 들어.
여고라 애들이 심심해서 갖고 노는 거지, 쟤들 졸업하면? 넌 나가리야.
애들이 좀 이뻐해 준다고 '어, 나 혹시 좀 생겼나?' 같은 역겨운 착각하지 말고.
넌 그냥 수험 스트레스를 푸는 광대 그 이상 그 이하도 아니라고.
혹시라도 '나 좀 먹히나?' 하고 내 친구 중 하나 어떻게 해볼까 하고 생각
아, 안 해….
어, 생명과 남돌이다.
고데기 어디 거 쓰는지 물어볼까.
말 걸어봐~.
꺅—
멋있어—
몰라~.
꺅—
잘생겼어—
블루블랙 어디서 했냐고 물어봐.

04
행정실
조교

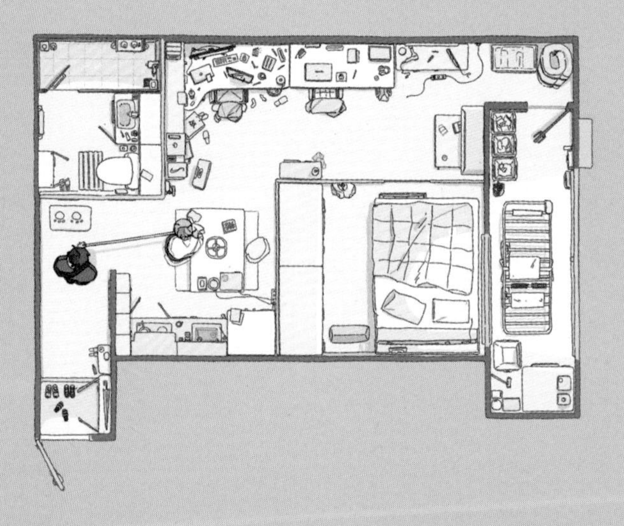

문이 열립니다.
윙ㅡ
어우,
배부르다야~.
나 커피
내릴 건데,
진형 쌤도?
까딱
네,
감사합니다.
이번에 산
원두가—
아!
벌
컥
깜
짝

이놈들 이거
또 붙였어!!
콰
?!

토킹카페
새내기 알바
시급 4만원
외로운 사람들을 위로하는
010-□□□□-□□□□
대화만

…뭐예요?
이거
미친놈들이야,
아주!
이런 게 왜
학교에….
불법 업소를
이렇게 당당하게…!
숨기는 시늉도 안 하지!

이 범죄자들이
학생들 노리고
이런 걸 학교 곳곳에
붙이고 다니는데
붙이는 놈들이
작정하고 학생처럼
입고 들어와서
막기가 쉽지 않아.

불법 아닌가요?
당연하지~! 붙기 시작한 지 사흘쯤 됐는데
경찰에 신고도 했고 오늘 경고문도 붙일 거야.
불법 전단지
대화만 해서 시간당 4만 원을 벌면 세상 사람들 누가 일을 하나 몰라~.
북
북
……….
순진하고 돈 없는 학생들 착취하겠다고 학교까지 숨어들어 와선….
홈페이지에 공지 쓰긴 했는데, 혹시라도 속은 학생이 있을까 봐 너무 걱정돼.
진형 쌤도 발견하면 바로 찢어버리고, 경비실에 알려줘.
네….

웅-!
타닥
형!
왔어? 곱창집
6시 오픈이래.
웨이팅 생기기 전에
얼른 가자.
속닥
앗,
뿅!
그게… 아직 톡
못 보셨죠, 형?
죄송해요, 형!
못 갈 것 같아요.
조별 모임 날짜를
착각했어요. 오늘인데
저도 방금 알아서….
지금
가봐야 해요.
오잉.

…아~.
안절
벅
벅
부절
정말 죄송해요! 이렇게 약속 바로 직전에…!
저 땜에 형 일정도 미뤘는데….
뭐, 괜찮아~. 담에 가면 되지.
조 모임 가야지. 어디서 모여, 홀바셋?
웅—
헬리스요….
같이 내려가자.
괜, 괜찮은 거 맞나?
형, 그렇게 신나했는데….
치즈가 이만큼!
괜찮아!
괜찮음
안 괜찮음

둘만 있으면 알기 쉬운데….

밖에선 정말
괜찮은 건지 아닌 건지
알 수가 없다…!
뚱…
표정이…
화난 건가?
그치만 형은
남들 앞에선 길에서
5만 원을 주워도
저 표정일 텐데.

하필 다른 사람이
있어서 표정을
읽을 수가 없다…!
뚱-

그래도
괜찮지 않을까?
전에 당일 약속
취소됐을 때도
신나 보였는데.
앗싸—
덩실
덩실
안 나간다~.
그치만 난
사귀는 사이고…
괜찮아, 괜찮아~.
곱창집 까짓 거
담에 가지 뭐.
다음 생에
말이야.
형 은근히
잘 삐지는데….

화난 거
아니죠, 형?!?
ㅋㅋ 잘됐다.
넷블릭스 신작
달려야지.
정말
괜찮았다.

잘 달래면서
떠보자.

그… 형,
오늘 피드백 모임이라
아마 일찍
끝날 거거든요.
20XX
업평가
토킹카페
새내기 알바
시급 4만원
외로운 사람들을 위로하는
010-□□□□-□□□□
대화만

끝나고 뭐라도
포장해 갈 테니까
늦게라도 같이 저녁
먹지 않을래요?

꼭 곱창
아니어도—
깜짝!

하….
뿝…
꽈
꽉
꽉
어떡해….
꽈
개 빡쳤나 봐….

이대로라면
오늘 집에 가면—

안 돼…!
툭
우유니
이따 봐~.

혀,
형…!

그러고 간
조별 모임에서
아까 설명했잖아!
정말이지~
우윤우윤!
이렇게 내 과제에
집중 안 해주면
나 서운해!
송우윤은
당연히
집중하지 못했다.

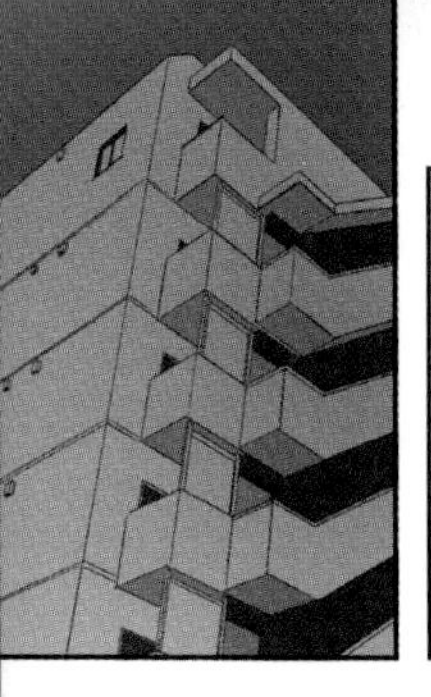

저녁 드셨어요?
오후 7:21
지녕이 형♡
ㄴㄴ
오후 8:03

무섭다….
어떻게
풀어주지?
으앙~
삑
삑
삑
삑

탕—
삐ㄹ륵~!
불도
안 켜놓고…!
컴컴…

예상
여기
앉아봐.
조심…

침실에
있다.
머뭇..
화
형,
죄송해요!!
화 풀어
주세요!!!
악

두둥-!

띵-!
문이 열립니다.
어~ 강의 다 끝났어?
네, 언니 오빠도 이제 집 가세요?
오해가 풀렸다.
맞아, 그거 봤어? 커뮤에 올라온 거. 그 무서운 조교님,
진짜 이상한 사람이던데.
왜?
여기 공지문 회수하잖아. 근데 굳이 죽일 것처럼 잡아뜯고 찢어갈긴대.
송우윤만 말이다.
엥, 왜 그래?
그니까~.
아, 기분이 별로였나 보지.
뭐 사람 친 것도 아니고, 별걸 다.
아, 아니, 누나, 그런 걸로 인성이 보이는 거죠!
자기 기분 안 좋다고 책상 발로 차는 그런… 쎄한 류의 사람이잖아요.

……
그 조교님 나랑 친한 형인데 그때는….
짬
짝!
아, 아는 분이시구나.
죄송해요….
그 전단지가ㅡ
역시 형은 오해받기 쉬운 성격이구나.

그냥 조금 서툰 또라이일 뿐인데….

탕ㅡ
삐그륵~!
형~ 저 왔어요.

형이 다른 사람들한테 오해받는 건 슬프지만
엇, 낮잠?
별일이네.
진짜 형의 모습을 나만 아는 게 조금 기쁘기도 하다.

다들 진짜 형이
어떤 사람인지 모르겠지.
끼익—

쌕—
쌕—

오직 나만—

NO.
우유니랑
첫날 밤
(픽션으로만)
부비부비 (긍정적 검토)
남돌 스타일링 (필수)
의상, 마이크(귀에 거는 거)
메이크업, 하네스, 가죽,
글리터? 유행인 듯.

형…
뭐 하는
사람이지…?

05
환상

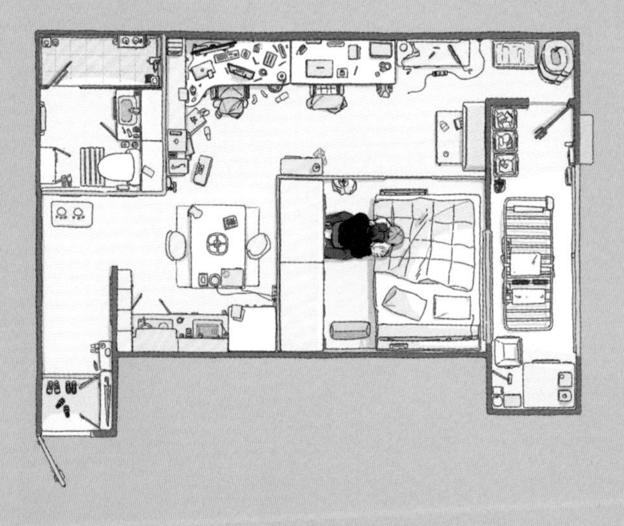

내일 나 퇴근하고
학교 앞
카페에서 보자.

알고 있겠지만
이름은 우진형이고,
직—
행정실 조교로 일하고 있고 주 업무는—
직—
취미는 영화랑 소설.
가끔 드라마나 웹툰도 보고.
생년월일은 XX0627,
직—
학부 전공은 바이오,
직—
지금은 대학원 00시스템 00전공 석사과정,
톡 톡
3D 프로그램으로 뭐 만드는 거 좋아하는데
아직은 취미 수준이고,
톡 톡
직—
본가는 서울인데 학교랑 반대편이라 왕복 3시간이 넘어.
직—
조금 버거워서 학교 근처로 자취방 알아보려는 중이야.
직—
가족은 어머니랑 아버지, 형제는 없어. 어머니 직업은—
직—

내가 준비한 건
이 정도인데
혹시 질문할 거
있어?
그
어… 형,
그러니까…
자취하실 거면
저랑 안 사실래요?
이걸 승낙할 줄이야.

제대로 자지도
못한 것 같은 얼굴로

수첩에 적어온 인적 사항을
하나씩 지워가며 자신을
소개하는 형은

……?
원룸이라고….
네, 그거
가벽이에요.
좁아 보여서
없앨까 했는데 침실이
나눠진 게 좋아서요.

조금 답답해
보일 수 있는데
침실은 여기 베란다랑
이어진 큰 창이—
내일 주말이니까
짐 들고 올게.
엇.
워, 월세도 아직
말씀 못 드렸는데….

형, 저
다녀왔어요.
어, 왔어?
택배
받아놨어.
만난 지 3일째 동거를 시작해
이런 사이가 되었다.

딴 세상 사람 같던 형이
내 집에 있고
달
깍
달
깍

성인이 된 후의 첫 연애,
빠른 진도에 들뜬 탓일까.

음...
만난 지 1주 째
후..
푸....
츄읍..

흐읍..
쪽
쪽..
꿀꺽
츄...
꾸욱—
읍...
푸핫...!
슥..
꾸욱..
......!
흐음

긋…,
그만…!
액
!!

죄…
죄송해요, 형.
제가 너무
덤볐….
아,
아니….
헉
헉
내, 내가
이런 스킨십은
처음이거든….
근데…
만난 지 1주 만에…
너무 까불었죠.
제가 처음이라 너무
흥분해서 그만.
아냐, 아냐,
일어나.
벌떡
좀 부끄럽지만
로맨스 소설이나
영화를 즐겨봐서
이런 일에
조금 환상이
크다고 해야 하나….

그래서 아직
마음의 준비가
안 됐는데…

조금만 기다려줄래…?

네!
물론이죠!
뿅…
형 너무
귀여워—!

그리고 만난 지 2주,

형이 본색을 드러냈다.

…형.

이게 뭐죠?
뭐긴~.
우리 첫날밤 계획이라고나 할까.
긁적
긁적

후보에 대중교통이 있는 것이 계획…??!
아잇, 지웠잖아~!!
파앙
남돌 스타일링은 또 뭐예요!!
…환상 있다고 했으면서…!
그래서 완벽한 거사를 위해 열심히 계획 짠 거잖아!
너야말로 나에 대한 환상이 너무 커.

우리가 만난 지
얼마 안 되긴
했지만
그래도 동거 중인데
뭔가 아직도 우유니
머릿속의 난 이래.
기다려
줄래…?
26살 군필
사회인인 나를….
이, 이 정도까진
아니에요!

나 내숭 떨 때도
안 저러는데 어쩌다
저렇게 됐어?
조교 우진형
여석 안 열어 드립니다.
문자로 세 차례나 공지했습니다.
기간 끝났어요. 추가 모집 받지 않습니다.
성적 정정 건은 행정실 오지 말고 교수님께 메일 드리세요.

형은 잘 모르지만…! 진짜 형은 애교도 많고 부끄럼도 많고…!
살짝 어벙하고 순결하면서 앙큼하고 순진하되 도발적이고 또, 또…!
그게 진짜 나…?
그런 게 다 있어요!!

그럼 그 귀여운 남친을 위해 남돌 옷 좀 입어줍시다.
가
악
싫어요!!
그 별명 돌고 나서 과 애들이 놀린다고요!
어?
우윤이 가르마 바꿨다.
그거 최시큡스 따라 한 거야?
얼~ 저번 주 뮤직가요 인상 깊게 봤나 본데~.
아냐~!
그냥 기분 전환….
버
럭
어!!! 야! 송우윤!! 그거 우리 빵철이 머리 아냐??!?
뭐, 영 싫다면 남돌 건은 기각해도 좋아.
어쨌든 잘 협조해서 같이 이것저것 해보면서 첫 경험 준비를 제대로 좀 해보자고.
단
호
으아….
너도 로망 하나쯤은 있을 거 아냐! 말해봐!
딱히 생각 해본 적 없는데요….
왜 이렇게 꿈이 없어! 그럼 생각해 봐.
특이한 의상이나,
흥분되는 상황극이나!
자니?
하하, 우리 랩실이 편한가 봐.
아, 아닙니다,
교수님.
벌을 줘야겠군.
이번 학기는 재우지 않겠어.

후끈
민망한 말로
놀리는 것도 있고.
이쁜 거 갖고 있네.
소장 융모같이
동그랗고 이쁜 걸—
보, 보지 마세요.
으악—!!
보통 없어요,
그런 환상!!!
나 참…
어쩔 수 없지.
슥—
우유니, 내 책장을
빌려주마.
이 소설들 다
읽어보고 오늘까지
하나 정해봐.
죄다 이상한
거잖아요~~!
교수함락
몰락박사
이런 거
그만 봐요!!

둘이 하는 건데
같이 정해야지!!
꾹—
꾹—
얼른 말해!
너 뭐
하고 싶어!
약~!

같이 의논하고
시뮬레이션해 봐야
프로토콜 짜고
디데이에 에러 없이
실행할 거 아냐~!
그렇게 실험 계획
세우듯이…!
네 계획! 판타지!
첫 경험은 이렇게 하고 싶다!
첫날밤은 이러고 싶다!! 하는 거
뭐라도 말해보라고~!

그
그럼 그때는…
내내 눈을
마주 보고
내내 손을
잡으면서

계속 서로
고백하는 거예요.
좋아하고
사랑한다고….

어,
어때요…?
파앗

…형,
이제 문
열어도 돼요?
…….
정말 이상한 데서
엄청 부끄럼
탄단 말이야.

06 코스튬

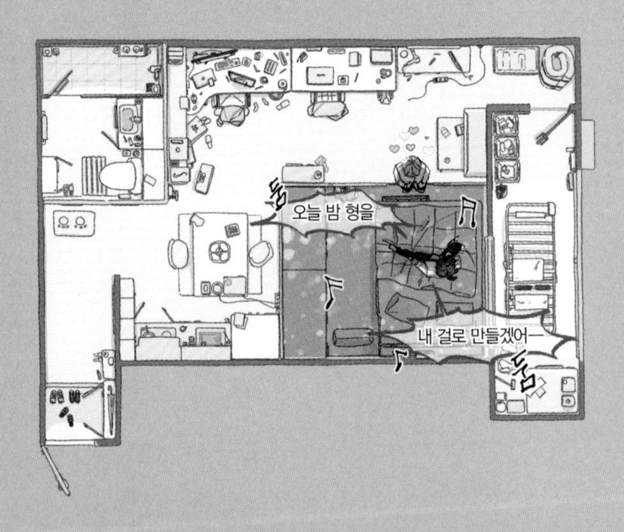

둥
오늘 밤 형을
내 걸로 만들겠어—
둥

엇.
어제 택배
온 거예요.
아니?!
뭐야, 뭐야,
그 바지 뭐야?!?
좀 과한가….
이상해요?
아니이~!
폴
짝~!
짱 멋지다, 울 우유니.
살아있는 남돌이네~!
그들도
살아있어요.

주
세상에 우리 송밀크
A대 생명과 남돌이란
소문이 쯔~ 어기
수원캠까지 퍼지겠다—!
접~!
휙
뭐… 뭐야잇.
그만해요, 저 갈래요!

탕-!
…….
꽈욱..

당일 저녁
형.
잠깐 여기
앉아주세요.
또 뭐가
서운해.
그런 거
아니거든요.

생명과 남…
머시기 그 별명
사라진 지 오래고
이젠 과 애들이
저 놀릴 때만
쓰는데
생명과 남돌,
춤춰봐.
삐걱
으, 생명과
남돌 뭐냐.
폐급멤.
생명과
탈퇴해.
삐걱
과 모임
형이 그 '남돌'
단어에 너무 집착해서
신경 쓰여요.
잉, 그런가?
그렇잖아요!
첫 경험 계획에
남돌 의상을
넣질 않나….
뭐만 하면 아이돌
같다고 하고 하네스
입어 달라고 하고….

이제 형의
최애 아이돌은 따로 있고
그 사람한테 저를
끼워 맞추는 게 아닌가
하는 의심도 들어요.
사랑해,
최시콥스….
네?
하아
아, 아니,
우윤아.
은… 은발로
염색 안 해볼래?
헉
에이,
그럴 리가~!

긁적
음, 사실 난 아이돌 그닥 관심도 없고 유명한 그룹 멤버가 몇인지도 몰라.
근데 네가 남들한테 그런 별명으로 불렸다고 하니까…

이게 내 눈에만 이뻐 보이는 게 아니구나 싶고….
텁
형…!
두근!

내가 외톨이 아싸라
그런 비틀어진
인정욕이 있나 봐.
좋아하는 영화나 소설이
제3자한테 긍정적인 평을
받으면 본인이 쓴 것도 아니면서
자기 안목이 칭찬받은 것처럼
으쓱하는 오타쿠의 심리처럼.
서운해하기 머쓱해지는
말 하지 마세요.
울 우유니가
아이돌만큼
이쁘단 거쥐~?
하다가 심취해서
아이돌 영상 찾아보고
널 대입해 보고
인기 많네.
울 우유니가 더
잘생기지 않았나?
쿵
쿵
쿵
우유니도 말라서
이런 옷 잘 어울릴 텐데.
이제 아이돌을
봐도 다
너로 보이고
관련된 망상을
반복하다 보니
점점 쌓여서
리얼해지고

이제 누가 남친 뭐 하는
사람이냐고 물어보면 무심코
남돌이라고 말할 것 같은
지경에 이르러서….
오싹..
절대 그러지
마세요….
나중에 너 초심
잃었을 때 자필 사과문
어떻게 쓸지도 내가
다 생각해 놨어.

@uyundaegal
팬싸장이 즈그 안방인 줄 아나
미쳐가지고 손톱 처보네ㅋㅋ 재밌냐?
하…
결국 이 날이
오고야 말았군.
메모장 켜자.
형, 저 진짜
무서워졌어요.
생전 관심도 없던
아이돌이 내 판타지가
돼버렸다고.
이게 내 탓이야?
난 누굴 원망하면
되는 건데!
① 남돌 스타일링을 해준
우윤이 동생 친구
② '생명과 남돌' 별명을
붙인 예대 학부생들
③ 허락 없이 이쁜 우유니
명쾌!

그러게 누가
그렇게 이쁘래!?
하…! 난 아이돌 같은 거
관심도 없었는데….
다 너 때문이야!
너 때문에 내가…!!
귀여운 게 죄라면
넌 부관참시야.
뿌드득…!
알겠어요. 그런 말
밖에선 하지 마세요.
그러니 송밀크는
아이돌 의상을
입음으로써 그 책임을
지시길 바랍니다.
하아….

우유니
아이돌 의상 진짜
잘 소화할 텐데….
이렇게
완벽한 아이돌
상인데!
그 말 승희
앞에서는 절대
하지 말기예요.
샹, 조교님,
미쳤어요?
아이돌 코스프레
해줘~~!!
디데이에 무대 해주고
혀날름 윙크도 해주기야!
오늘 밤 형을
쿵
둥
쿵
둥
찌잉
내 걸로 만들겠어—
싫어요—!!
파사!
그만! 그렇게
제 아이돌 의상을
보고 싶으시다면

내가 아는 형이라면…

닭살 돋고 오그라드는 걸
못 견디는 사람이니까…

이렇게 말해두면
더 이상 조르지 못하겠지!

민망한 옷을
입어달라….
이거 만화에 많이
나오는 코스튬
이벤트 아냐?

우유니야
아이돌처럼 이쁘니까
어울리는 거지.
내가 그런 걸
어떻게 해.
우유니 정답.

코스튬 이벤트란 게
결국 이런 거잖아?
날 보고 딱
흥분하도록 해.
아무튼
핫하고
귀엽고
엄청난
의상
꺄아악.
사랑해요,
형!!!
이쪽은 두근두근♡

이게 소설이나
만화에서나
먹히는 소재지,
깜짝 이벤…
아, 아니야.
신경 쓰지 마.
하던 일 마저 해.
아녜요.
어울…
어울려요.
환불할래.
덩달아
민망
현실에서 하면
그냥 민망할 것
같은데.

상품 후기 보면
많이들 하나 본데
☆☆☆☆
디자인은 이쁜데 너무 까슬해요.
☆☆☆☆☆
1000일 이벤트에 쓰려고
구매했습니다. 대만족.
☆☆☆☆☆
키 180 넘어도
잘 맞네요.
나 같은 사람이 하면
어색하고 민망해서
분위기 이상해질 거야.

어떻게 다들 이런
제정신 아닌 옷을 입고
애인 앞에 두 발로
서있을 수 있는 거야.

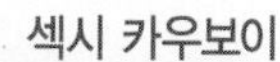

여심저격

☆☆☆☆☆
여친이 좋아라 하네요.

☆☆☆☆☆
이거 입고 여친의 소가 되어
잔뜩 이쁨 받았네요. 로데오
시켜주고 착유 체험…더보기

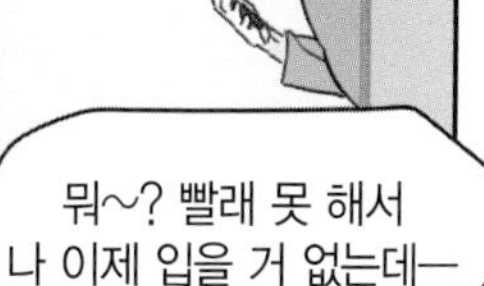

뭐 어쩔 수 없지.
좀 멀어도
코인 세탁—

세탁기 고장으로
거의 2주째
밀린 빨래.
그득~
둘 다 집에서
입을 만한 옷은
잠옷 한두 벌뿐.
이 추리닝 바지를
빨래 바구니에
넣으면
툭.
이제 내게 남은
실내복 하의는
제로!
이 티도 이따
넣으면 내
실내복은 끝이다.
마지막
잠옷 티셔츠.
두둥
생겼다…!
코스튬 이벤트
명분거리가!

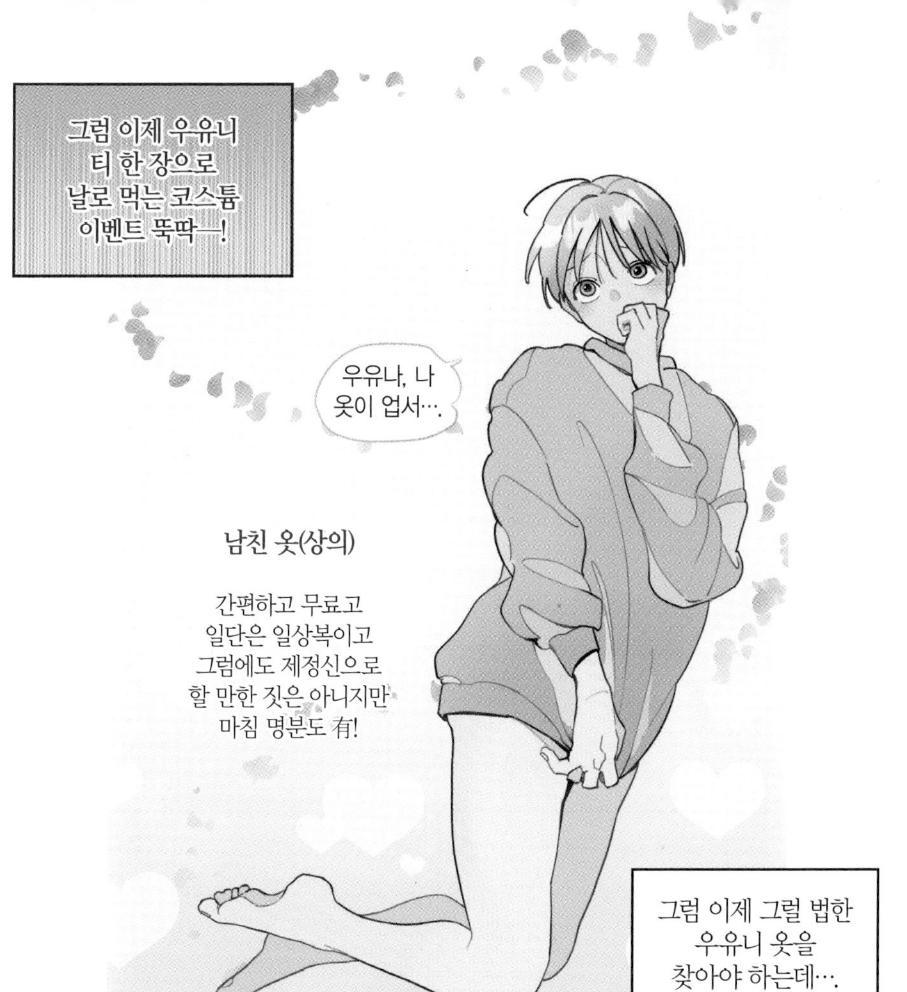

그럼 이제 우유니
티 한 장으로
날로 먹는 코스튬
이벤트 뚝딱—!
우유나, 나
옷이 업서….
남친 옷(상의)
간편하고 무료고
일단은 일상복이고
그럼에도 제정신으로
할 만한 짓은 아니지만
마침 명분도 有!
그럼 이제 그럴 법한
우유니 옷을
찾아야 하는데….

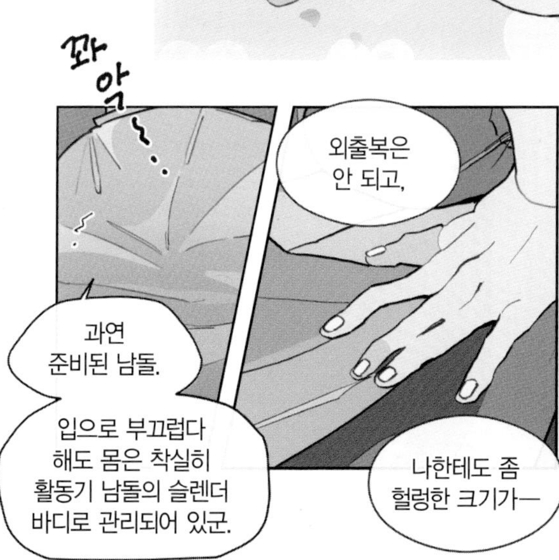

꽈악~…
외출복은
안 되고,
과연
준비된 남돌.
입으로 부끄럽다
해도 몸은 착실히
활동기 남돌의 슬렌더
바디로 관리되어 있군.
나한테도 좀
헐렁한 크기가—

찾았다!
파

그날 밤

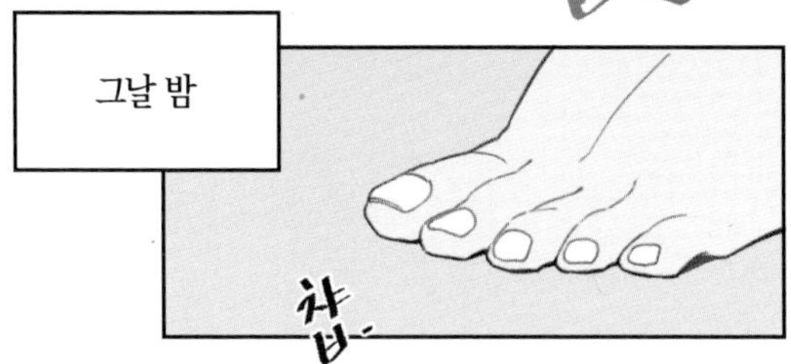

형,
그거 제
고딩 반티인데….
바지는 또
왜….
그…
우물…
빨래가 밀려서
입을 게 없더라고….
대학 가자!
밀려오는
민망함…
쭈물..
네 걸 빌려 입으려
했는데 너도 잘 때
입을 바지 없대서….
……!!

바지도 벗어주는
우유니의 사랑을 확인하며
코스튬 이벤트
실패!

다음 날
다녀온다. 저녁에 봐!
다녀오세요—
내 옷 평소 형 스타일이랑 많이 달라서 신선하네.
-우진형의 평소 스타일-
늘 비슷한 옷 몇 개로 대충 돌려 입는다.
① 무난
② 헐레벌레
③ NEW!
송우윤의
멋쟁이 바지

그리고 저 바지는 다음 날 동기들에게
죽도록 놀림받고 당근장터에 팔리게 된다.

07
고양이

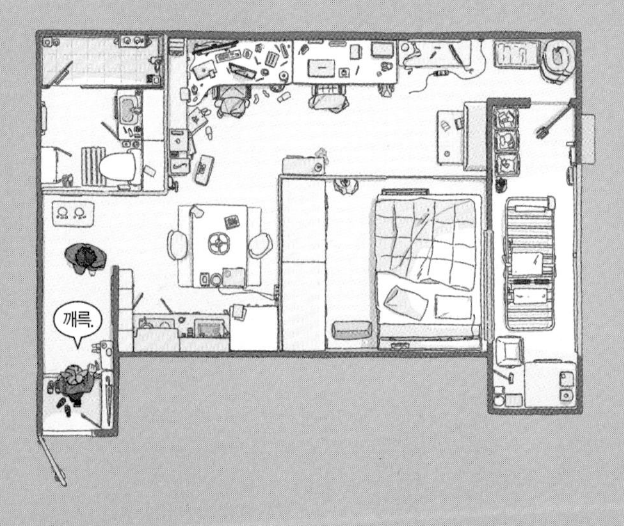
깨륵.

두근..
두근..

파아앙..
앵.
찹 찹

하압

형,
보셨어요?
건물 주차장에
아기 고양이
있는 거!
이만해요!

아~ 봤지.
아기까진
아니고
그 뭐라 해야 하지,
미성년 고양이?

건물 사람들이
물이랑 밥은 챙겨주는
것 같은데
아직 애기라
조금 걱정돼요.

그래서 말인데…
파아앗
우리가
데려오는 건
어때요?

안 돼.

제, 제가 밥도
청소도 병원도
돈은?
월세랑 학비
지원받고 있지?
적금 깨면
월 20 정도는
어떻게…
월 20 크다?
그리고 병원비
들 일 있으면?

게다가 우린 둘 다
오전에 나가서 저녁
늦게 들어오는데
그동안 고양인
혼자 어쩌려고.

고양이 10년
넘게 사는 건
알지?
너 졸업하고
대학원이라도 가면 고양이
돌볼 시간 있겠어?

꾸굴…
동물 좋아해서
이런 거 다 알잖아.
왜 갑자기
이렇게 대책 없이
굴고 그래.

…맞아요,
다 아는데…
그냥
말 한번
꺼내본 거예요.

요즘 형 일 때문에 바빠서 집에 잘 들어오지도 않고
집에서도 대화도 많이 못 하는데 일 때문인 걸 뭐라 할 수도 없고
다발
늦게 들어와서 잠만 자고 나가고 주말에도 일하는 시간 외엔 잠만 자고 피곤해서 그런지 살짝 신경질적이고
다발

학교에서도 형은 거의 연구실에만 있으니 잘 보지도 못하고 행정실에서도 형 바빠서 말도 못 걸고

훌쩍…
고양이라도 돌보면 덜 외로울까 싶어서….
철없는 소리해서 죄송해요, 형.
양심
부왁

…미안해. 근데 어쩔 수가 없어.
혼자서 과랑 연구실 관리하려니까 정말 눈코 뜰 새 없이 바빠서….
연구실 관리? 혹시 전에 그거요?

그때 교수님이 동기들이랑 나눠 하라고 하셨잖아요.
왜 형 혼자….
그거 다른 동기분들이랑 같이 하는 거 아니었어요?
어머, 진형 군. 마침 잘 만났네.
인수인계 받았죠? 올핸 특강도 많고 새 프로젝트도 있어서 일이 많아요.
혼자선 못 할 테니까 동기들 두세 명한테 도와달라고 하고 적당히 나눠서 해보세요.
네, 알겠습니다.
파쉐 쉐쉐!
깔
깔
아앙ㄱ
설마…!
혹시 동기들이 안 해요??
아니, 그건 아니고….

동기들한테
같이 하자고
말을 못 했어….

…그렇군요….
매일 둘만
같이 있어서
잊고 있었다.
형 이런 사람이었지.

사실 처음에 교수님
말씀대로 동기들한테
일 부탁하려고 공강 때
과실에 갔었는데….
담에 같이 가자.
그래.
어, 정현 씨,
안녕하세요—
아, 우리 과 분이에요?
아니, 오빠ㅋㅋ
우진형 씨잖아~~!!
아, 죄송해요. ㅎㅎ
근데 과실도
오시는구나.
무슨 일이세요?
영 말 꺼낼
분위기가 아니어서
도망쳤어.
형—!!!
왜 이렇게 사람이
미련해요~~!!!
그 말 하나
못 해서
나랑 못 놀아주고
날 방치하고!!
안 친해도 교수님이 같이
하랬다고 단톡방 같은 데다
공적인 어투로 말할 수 있잖아요!!
그게 안 됐어….

근데 이게 원래는
혼자 하는
일이어서…
동기들도 다들 각자
다른 일들 하고 있고
내가 이렇다 보니 이제껏
서로 거의 안 보이는
것처럼 지냈는데
처음 거는 말이
내 일 부탁하는 거라니
좀 그렇잖아.

뭐 어때요!
아직 첫 학기인데 이 기회로 친해지고 친구 만들면 좋죠!
진형 오빠~
하핫하 진형이~
힘드시면 제가 대신 동기분들께 말씀드려 볼까요?
쿵.
안 돼! 그런…
여보세요? 화학과 김용환 엄마인데요. 우리 애 오늘 아파서 결석해요.
뚝!
예?
행정실에 결석 전화하는 학부모 같은 짓 하지 마…!
신경 못 써서 미안해. 그래도 이번 달만 지나면 좀 한가해질 거야!
그럼 같이 영화도 보고 맛집도 가고….
부들
부들
부들
내가 이것만 끝내면 진짜 잘할게…!!

칫솔 케이스랑…
BIO
가글이랑 돌돌이….
엇.
할로윈
시즌도 아닌데
이런 걸 다 파네.
아니….
캬, 이거 색이
절묘하네.
내킬 때마다 대충
염색해 무슨 색이라
말할 수 없는 염색모.
툭.
내 머리색이랑
똑같잖아.

우진형 26세,
성인 로맨스물에 뇌가
절어있는 인물이다.

형??!
벌
떡
설마…

고… 고양
타
다
다
고양이…? 를??
다

아이,
깨물지 마~.
핫핫하.
다
다
깨옹—
하하핫하.
다
천재—!
천재
고양이—!
다
찻찻찻하.

다
형 고양이 싫다고 했으면서—
내가 언제…!
다
다
다
형!
파
앗

꾸룩 꺍.
고… 고양이… 는?
그륵 똵.
형 고양이 소리 잘 내시네요.
그래서 전 형이 진짜 고양이 데려온 줄…
알았는데….
울먹..
이, 이거 신기하지? 내 머리색이랑 완전 똑같지 않아?
상상과는 다른 반응…
네…, 뭐, 그렇네요….
싸…

중문으로 나눠진 침실 구석에는 밀대가 있다.

원룸에서도 문을 잠글 수 있다.

형,
잘못했어요—!
문
열어주세요!
덜걱
틀어박힘.
개삐짐!!!
괜찮아. 26살에
고양이 귀 끼고 야옹대다
제정신 차린 형의 마음을
헤아리지 못한 게 어디
우유니 잘못이겠어.
덜걱
아녜요, 진짜
귀여웠어요, 형!!
고양이는 빌라 1층 사람들이 맡게 되었다.
오웱.

08
센시티브

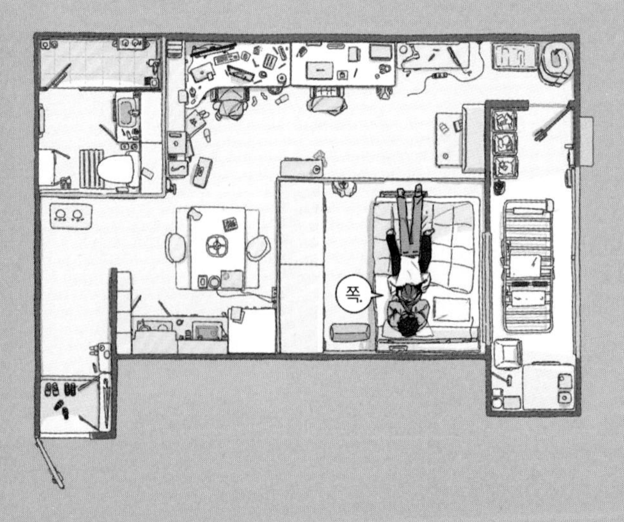
쪽.

여기,
좋아하잖아.
찌이익-

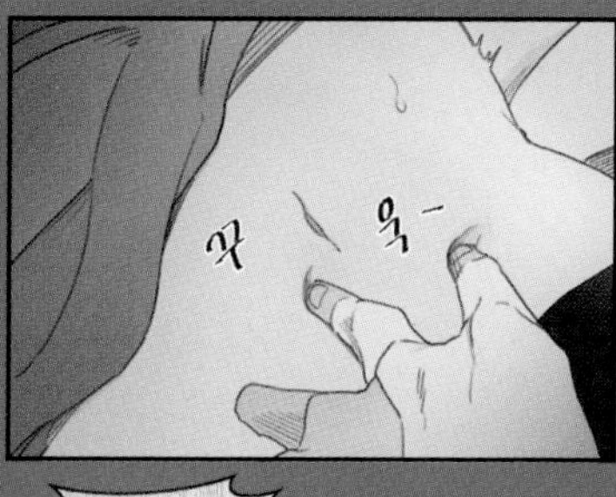
꾸욱-

히앗?!
흠칫

'히앗?!' 좋아하네.
DIA
COMICS
좋아
탁.

꾸
욱..

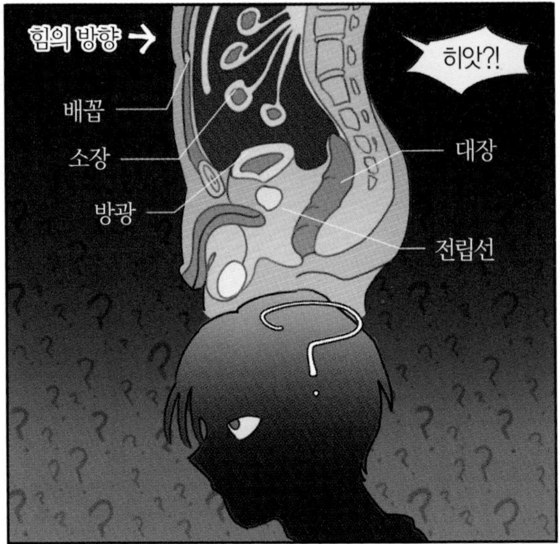
힘의 방향 →
히잇?!
배꼽
소장
방광
대장
전립선

좋아하는
부분

이 자식…
바보 아냐?

야한 만화 보면서
그런 거에 딴지 거는 게
더 바보 같아요.

아니, 우유나. 봐봐!
이 오로지 야한 신만을
위한 억지 설정!
좀만 건드려도 앗♡
하는 야한 몸(ㅋㅋ)인
주인공.
하나같이
주인공들이 다
그 모양이야!
하나같이 야한
만화만 보면서
잘도 그런 말을.

이봐, 경동맥
좀 빨렸다고
앗 하는 놈.
앗.
…급소니까
민감할 수도 있죠.
그리고 목덜미라고
해주세요.

얘도•그래.
등판 쓸린 걸로
이렇게까지
반응할 일일까?
힉…!
글쎄요. 충분히
있을 법한데요.

발정기 때문에
힘들 거야. 도와주지.
여기, 좋아하지?
흠칫
이건 또 뭐야? 외형은
고작 5% 정도만 고양이면서
고양이 특징 인간 입맛대로
골라 넣는 거 가성비를 넘어
날강도가 따로 없어.
아,
거긴…!
궁디팡팡ㅋㅋ.
왜, 아주 중성화도
시켜주지?
그렇게 말하는 것치곤
전권 구매하셨네요.
엄청•좋아하네.

닿기만 해도 으앙! 대고
스치기만 해도 움찔! 하는데
일상생활이 가능한 거야,
얘네들?
툭.
하으아앗.
에구머니나.
이 총각 왜 이래.
아니… 평소 일상이랑
성적 긴장감이 있는
상황이랑은 다르죠 그게.

일상? 이런 놈들
나오는 것도 얼마나
많은지 알아?
커트는 어떻게
하시겠어요?
아앗…♡
톡—
이 사람,
손길이…!

이제 이런 놈들이
고소당하는 거야.
…….
아… 하, 나 형
손 땜에 무릉도원
갔다 왔잖아.
움찔
움찔
형 샴푸 정말
끝내준다…♡
아니… 아니,
그런가? 그건 저도
좀 그렇긴 한데요.

주인공이란 인물들이
죄다 그 모양이니까
이입이 안 돼서
즐길 수가 없잖아!
RED~
RING DING
내 서재
거짓말. 끝내주게
즐기고 있으면서.

뭐, 야한 만화라서 넣은
설정이니까 애인한텐
좋은 체질이겠죠.
여기서도
이 미용사랑 결국
사귀게 되잖아요.

그래? 좋아?
스치는 바람에도
아앙! 하는 애인이?
톡
이잉.
그렇게 극단적인
정도로 말고요….

형이 만약 엄청
민감한 체질이라면…
조교님,
부탁하신
자료요.
고마워,
이리 줘.

톡..

웃…!!
아
윽
탁

엇, 제가
조교님 바쁘신데
온 건가요?
앗, 아냐….

그만 가봐…//
화끈..

…전 좀
좋을 것 같아요.
파 아 아
그래? 난
단점밖에 없다고
생각하는데.

일단 만원 지하철에선 내가 지켜줘야겠지.
뭐야?
허엉….
죄송한데 뭐 하시는 거예요?
뭐야.
수군거리지 마세요. 신음 소리 듣고 싶지 않으면.
여기 먼지 붙었다.
뭣보다 뭐만 하면 그런 분위기가 돼서야 어디 사람 살겠어?
하아앙.
조용히 안 해?!
애인이 민감하면 좋은 점? 무릎고수 놀이 할 수 있다는 정도밖엔.
앗.
앗혈.
앙.
앙혈.
움찔
움찔
하읏.
하읏혈.
빈틈투성이인 애송이군.
애인 몸 가지고 놀지 마세요.

형~! 계속 지하철에서
남이랑 스치고 먼지 떼주고…
뭐 그런 상황을 말하는데
답답!
이런 건 단순 접촉
문제가 아니라 분위기
문제예요, 분위기!
요는 작은 거에도
느끼는 몸이 아니고 작은
접촉도 의식하게 되는
상대와 상황이에요.
스킨십의 강도가
중요한 게 아니라
덥벗-!

그때의 감정과
분위기 등등에 따라
작은 접촉에도
민감해지는 거죠.

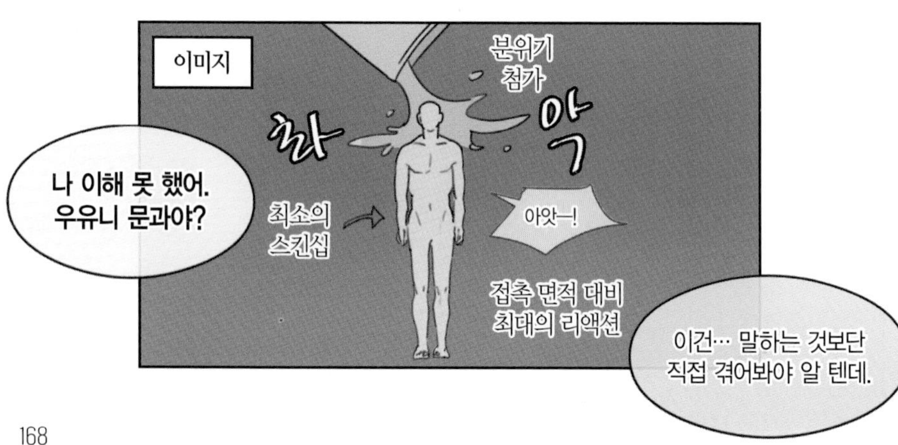
이미지
분위기
첨가
촤악
나 이해 못 했어.
우유니 문과야?
최소의
스킨십
아앗-!
접촉 면적 대비
최대의 리액션
이건… 말하는 것보단
직접 겪어봐야 알 텐데.

잘 아네, 송우유니….
난 스킨십 경험 키스 1회
(with Uyun)라 전혀 몰라….
느와
끈!
저도 경험 없거든요!
굳이 만화처럼 야한
상황까지 가지 않더라도
알 수 있다고요!
대중교통에선 엄청
밀착해 있어도
불쾌감밖에 안 드는데
불
쾌
좋아하는 사람하곤
손 끝만 스쳐도 '앗…!'
하게 되잖아요.
그러니까 만화에서
좀 만졌다고 앗! 하는 게
억지 설정이 아니라
말하자면… 사랑?
그만큼 상대방을
사랑한다는 거죠!
크흠!
사랑이라….

그럼…
느껴라!!
크아앗.
취소, 취소.
분위기! 중요한 건
분위기예요!!

우진형은 고전 비엘도 독파했다.

그렇구나. 내가 경험이 없어서 몰랐을 뿐.
영 말도 안 되는 설정은 아니란 거지?
후련~
이제 더 이상 딴지 걸지 않고 맘 편히 볼 수 있겠어.
내가 마왕의 오른팔?!
주인공이 마왕인 설정은 괜찮은 건가요.
답은 분위기라…. 첫날밤 계획을 전면 수정해야겠어.
ㅎㅎ 그러세요.
풀썩
형을 위해 준비했어요.
Uyun…♡
챙-
두근
두근

내 품으로
추락하도록 해.

파
아~
동상
이몽…

철
켁
퍽
로맨틱한 분위기가 주는 성적 긴장감에 신경전달물질 분비가 증가해서 평소보다 민감해지는 거… 려나?

흡…
더 연구해서 형 졸논 주제 그거로 해요.
ㅋㅋㅋ 신경생물학 교수님 찾아봐야겠네.

실험은 우유니한테 해야겠다~.
우웨ㄱ

쪽

이렇게 분위기 안 잡고 하는 게 대조군이고—

실험군은
분위기 잡고—

역시 사랑인가~.

MITO

POST CARD

원룸 조교님©지붕

유어마나

09

스킨십

후두두두라락
끼야앗.

쪽
좌
악

깡 짝
형?

합

형??! 잠깐….
뭣,
뭐 하시는…!

형, 형.
잠시만요.
저…,

저, 저희 아직
이런 사이 아니…,
흐읍.
쪽.
춥.

형! 맘, 마음의
준비는요??!!!
기다려달라고
했으면서…!
버둥
버둥

움찔
나? 준비
진작 끝났지.
쭉
꾸욱
넌?
준비 안 됐어?
하지 말까?
쭉.
아니요!!!
더 해주세요!!!!!
크크크.
쪽.
쪽.
으읍….
부들..
흐아.

……
형, 하나만 물어봐도 돼요?

무(뭐).
왜… 왜 '조교님' 상태예요?
집에서는 늘 그거면서….
'그거'
왜긴~.
왁.
휘웨익

우윤 학생은 이쪽을
더 좋아하잖아.

흠칫

짹
짹
짹..
도르릉—
쿄—..

대래래랭!..
짹
짹
짹
피요요요요요-.

짠—!!!
챙아—

와, 송우윤 이게
얼마 만이야?
복학하고 처음 아냐?
와글
우리 과 유일한
남자가 말이야,
여친 생겼지, 너?
얘 지금 남자
지 혼자라 그래~.
휴학한 놈들 부르자.
와글
나 너 군대
또 간 줄 알았잖아!
집에 꿀 발라놨어?
하하하!

한동안은
열심히 나올게….
뭐래?
여친한테
차였대.

삑
삑
삑
삑
승희 좀
깨워라.

형 오늘도
아직 안 왔네.
벌써 11시가
넘었는데….

아무리 대학원
일이 바쁘다지만
틱
오늘도 새벽 늦게
들어와서 아침에나
겨우 얼굴 보겠지.

외로워….
그러니까 그런
꿈이나 꾸지….
풀
썩

전부
형 때문이야.
훌쩍..

…….

…….

뒤척
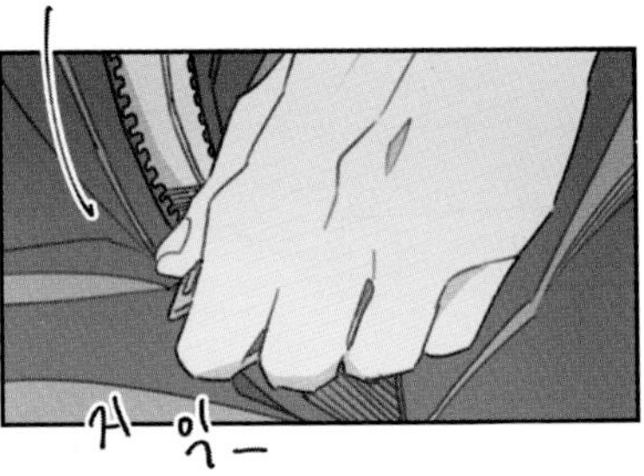
지익—

후우.
주섬

형이랑 같이 사느라
쭉 못 했으니까….
으.
이것도
오랜만이네.
으읍.
형….
후으.
으.
흐…!!!
하아….

형 보고 싶다.
툭

형,
형??

띠용

일찍 오셨….
후우, 미치겠군.
훌렁
BIO
주섬
주섬

There's a delicious UYUN here.
샤샤샤샤샥
꺄아아악.

형, 안 돼요.
화악
츄라라랄라랍.
끼야아아아아악.

파라바라바라바.
혀어어어어엉.

푸라라라락라.
*배방구

후우, 씻고 온다.
흐아앙.
얼얼
끄윽-

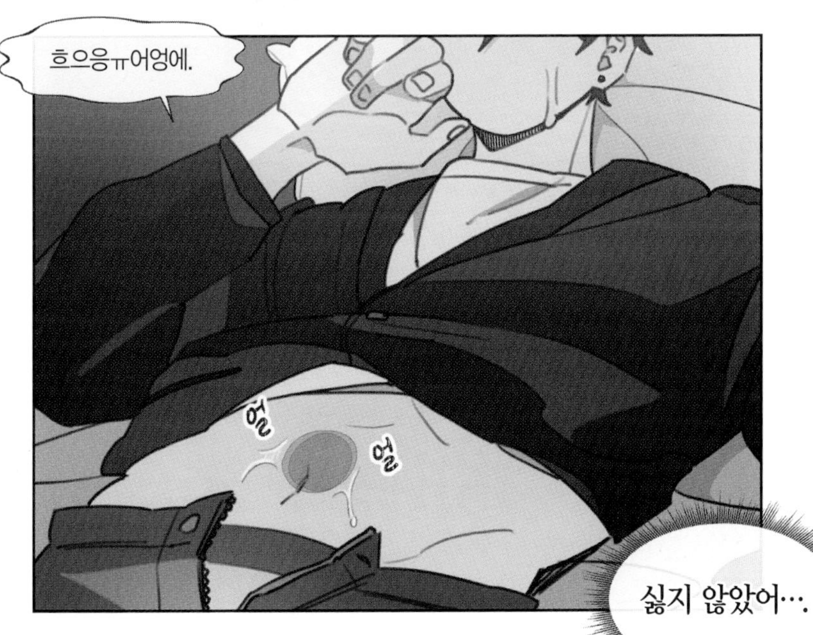
흐으응ㅠ어엉에.
얼
얼
싫지 않았어….

다음 날
쥬
욱..
오늘 혼강이라
다행이다….
어제 형 배방구
때문에 아마 동기들
앞에서도 표정 관리가
안 됐을 거야.
왜 저래.
표정 봐ㅋㅋ.
야한 생각
한다ㅋㅋ.
쓱
아직도 배가
얼얼해….
오늘은 끝나자마자
바로 가자.
덥석
안녕!

씨익

10

지은오

첫 번째

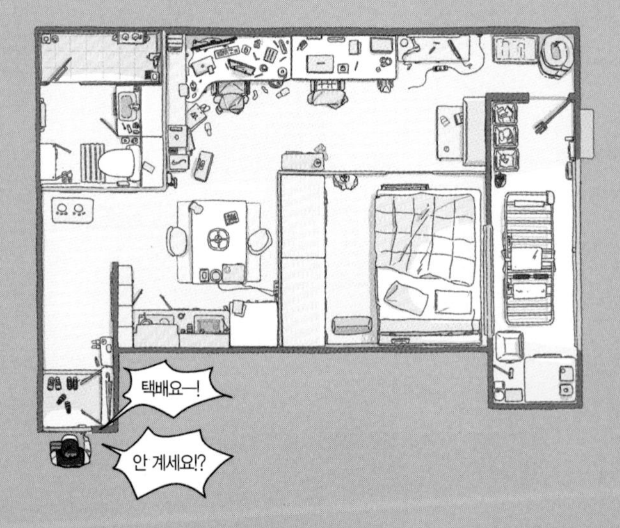
택배요—!
안 계세요!?

안녕!
씨익
그 립밤 색 있는 거야?
이거? 어어.
나 봐도 돼? 어디 거야?
이름은 모르겠네, 그냥 올영에서 적당히 샀어.
음— 나 쓰던 게 단종됐는데 괜찮은 게 없더라고. 이거 쓸 만해?
그럭저럭 괜찮아.

공대 2학년 맞지?
1학년 교필이라
2학년은 셋밖에 없던데.
친구랑 듣지 않아?
응! 걔 지난주에 결석
네 번 쌓여서 드롭했어.
그래서 말인데,

혹시 혼강이 편해?
그런 거 아니면
2학년끼리 같이 듣자.
오, 좋지.

신소재공학과
지은오야.

송우윤이야.
잘 부탁해.

나 개망했어억…!
끄어 억~…
나 이번 학기
12학점 됐다고….
여름 학기 들어야 하나?
찡
찡
좋게 생각해~.
마침 드롭 기간에
결석해서 F 맞을 거
수강 포기로
끝났잖아.
나 없어서 울 으노
어쩌냐~. 새내기들
사이에서 혼강 해야 돼?
괜찮아.
친구 생겼어.
벌써? 으노
너무 쿨해서 나
쓸쓸하다.
행정실
슬쩍
오잉?
이성 쌤 안 계시네.
우짜냐.
윤이성 선생님
텅~

이성 선생님 자리
비우셨습니다.
드륵!
무슨 일로
오셨어요?

어… 저희
신소재공학과인데요.
310호 강의실 열쇠
빌리려고요.
310호…
잠시만요.

절그럭

바로 반납하시고
이번 특강 보고서
워드 말고 한글 파일로
다시 제출하세요.
찰랑-!

엇, 넵. 알겠습니다.
감사합니다.
안녕히 계세요.

탁-!
어우, 왜
저 쌤밖에 없냐.
분위기 완전
뻘쭘ㅋㅋ.
너 저 조교님한테
혼났어? 왜 그렇게
로봇처럼 말해.
야, 내가 저 조교님
목소리 오늘로 딱 두 번
들어봤거든?
그래?
하~ 과대라고
행정실을 그렇게
왔다 갔다 했는데.

전에 하도 머쓱해서
농담했는데 개무시해서
분위기 완전 싸했다고~.
이성 쌤 안 계세요?
이런~ 동성 쌤밖에
안 계시넴ㅋㅋㅋ.
후웨~
개 무시!!
너도 나 따라
다니면서 몇 번 봤겠지만
저 조교님 그냥 평상시
태도가 늘 저래.
예, 계장님.
회의록 양식
메일 드렸습니다.

표정도 없지,
말하는 건
무슨 AI 같지,

사무처 조교님이
대학원 동기라 말해준 건데
과 사람들이랑도 대화
한마디 안 한대.
이번에 우리 딸이-
재잘
이 앞에 카페가-
딱
딱
딱
재잘
같이 일하는 행정실
선생님들이랑도
딱 일 얘기만 하고.
이성·쌤만 혼자
말 좀 걸고.
친구가 있기는
있는가 본데…
사회생활이 겨우 유지될
최소한의 정도 외에는
사람들이랑 아예 관계를
안 맺는 것 같아.
이쪽도 그냥
'점심 맛있게 드셨어요?'
정도로 적당히 좋게 대하면서
사회생활 하는 건데
'어~ 너한테 관심 없고
너도 나한테 관심 꺼.'
하는 태도라 사람
뻘쭘하게 한다니까.
그래서 나도
그냥 최소한만
상대하게 돼.
뭐 나야
굳이 친해질
필요 없는 상대지만
다른 사람들한테는
그게 뭐냐?
저건 내성적인 걸
떠나서 그 뭐냐,
사회성이 좀—

어..
…아니다, 방금은 내가 너무 꼰대였어. 취소!
하긴 사람이 딱 일만 하고 싶을 수도 있지, 남이 뭐라고 말을 얹냐.
벅
벅
내가 그냥 저 조교님이랑 좀 안 맞아.
전부터 생각한 건데,
저 조교님 말이야,
꼭 배우 같지 않아?

뭐?
?
배우?
맹
숭~
저 조교님이?

뭔
헛소—
퍼
뜩!
……!

ㅋㅋㅋ 아~
오키오키.
네가 더
배우상이야,
인마.
하~ 새끼, 하여간
생긴 놈들이 더 해.
네네, 님이 본교
최고 미남이십니다.
아니아니,
외모 얘기 말고.

나도 너 따라
행정실 다니면서 저
조교 쌤 자주 봤잖아.
뭔가
하는 모든 행동이
남들이 자길
지켜보고
있다고 의식하고
하는 느낌이야.

엉!?
뭐지? 완벽주의자 같다고?
음~ 꼭 그런 건 아닌데.

남들처럼 멍도 때리고
멍-..
흐트러진 모습도 가끔 보이고 하는데
흡ㅡ
후암..

그것조차도 남들이 보는 걸 염두에 두고 하는 것 같아.

누가 지켜보지?
교수인가?
대학원에 가서
그만 저렇게
되어버린 건가?
그런 거 말고….

아무튼 남 신경을
안 쓰는 사람은 아냐.
오히려 과할 정도로 신경
쓰는 것 같아 보여.

그럼 왕자병.
아니;;
연예인병.
너 저 조교님
많이 별로냐?

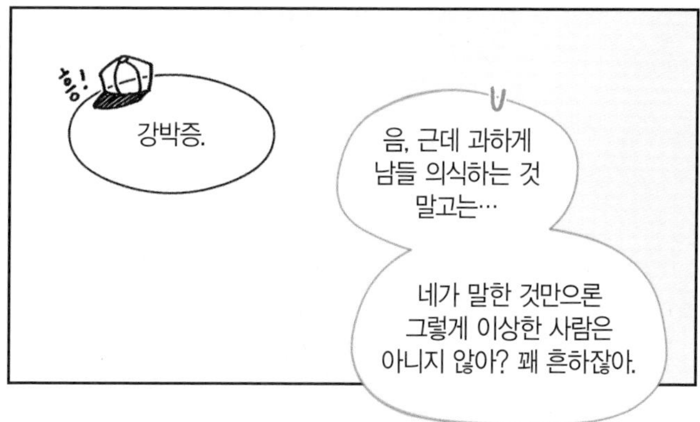
흥!
강박증.
음, 근데 과하게
남들 의식하는 것
말고는…
네가 말한 것만으론
그렇게 이상한 사람은
아니지 않아? 꽤 흔하잖아.

사람들이랑
잘 안 섞이는
사람들.
구성원이 많은 집단에 꼭
한두 명씩 있는 사람들.

어릴 땐 도와줄
대상이라 생각했다.
승민아.

우리 축구할 건데
너도 같이 하자.
그들도 나처럼 사람들 속에
속하고 싶어 할 거라 생각했고

와ㅡ
와ㅡ!

내가 작은 계기만 만들어주면
금세 남들과 섞일 수 있었다.

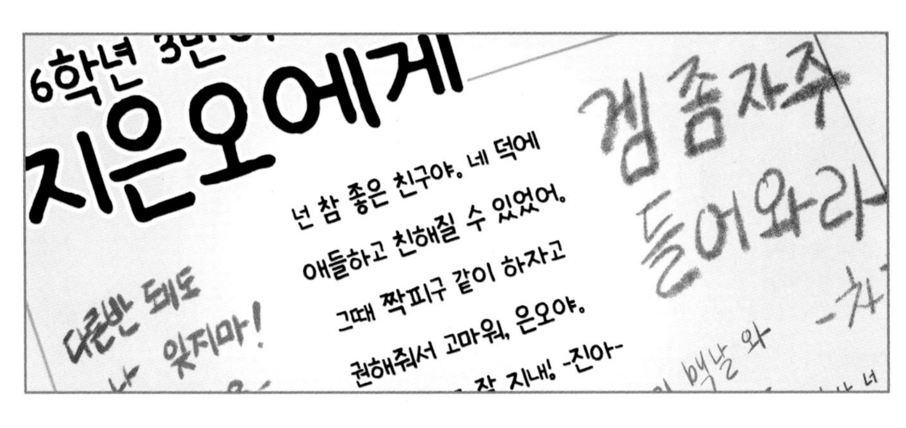

그런 사람들이
주는 호감이 좋았다.

나도 보람 있었고.

모든 사람이 나처럼
무리 짓고 싶어 하지 않는단 걸
안 건 고등학생 때였고
네가 좋은 놈인 거 알아.
근데 신경 안 써줘도 돼.
나는
혼자가 편해.
마음은
고맙다.

저벅
저벅

저벅
어른이 된 이젠 알게 됐다.

안녕하세요,
조교님.
무리에 섞이지
못하는 건지, 않는 건지

어느 쪽인진 모르겠지만

나는 그냥 이런 타입의
사람을 좋아한다.

11 지은오

두 번째

……? 왜 갑자기
열받지?

우진형
조교님ㅡ
특강 보고서
제출하러 왔어요!

우진형 조교님!
출석부
가져왔어요.
쫄
쫄

우진형 조교님!

쫄래
조교님!
쫄래
조교님~.
조교님~.

신소재과는
과대가 일 안 해요?
과대
아뇨. 제가 매일
대신 오는 거예요.
조교님 보러요!

……

요 근래 매일 몇 번씩
행정실을 드나들며
조교님께 들이댄 결과
…흠.

이 건은
이성 선생님께
제출하세요.
네!
내가 파악한
우진형 조교님이란
사람은,

쇼의 진실을
알고 난 뒤에도
세트장에서 삶을
이어가는
트루먼 X뱅크다.

자신의 삶이 세상에
생중계되고 있는
것처럼 사는 사람.
ON AIR
안 좋게 말하면
행동 하나하나가
연출 같은 느낌이고
좋게 말하면
관리가 철저한
사람이겠지.

어머, 은오네.
안녕~.

아, 맞다.
오늘 직원분들
전체 회식이시죠.
내일 다시
올게요.
어! 아냐, 아냐~.
괜찮아. 행정실에
진형 쌤 있어.

진형 쌤은 이런 자리
참석 안 하거든.
타인의 시선을
과하게 신경 쓰는
동시에 시선을 받고
싶지 않아 한다.
그 점이
그 사람을 더
주목하게 하지만.

학생들한테 AI나
행정실 키오스크라고
불릴 정도로
홈페이지
공지글 확인
바랍니다.
그 건은
교수님께
문의하세요.
누락된 정보 있습니다.
다시 제출하세요.
형식적인 말만 뱉고
꼭 필요한 말 외에는
입도 열지 않는다.
각본을 벗어나는
변수가 생길 수 있는
엑스트라들과의
의사소통은 최소로.
이른 오전 출근.
하루 종일
행정실 혹은 연구실.
매일 시계추처럼
같은 시간 같은 장소에서
같은 일을 한다.

같은 카페에서
매일 똑같은
메뉴를 주문하고
점심은 주로 혼자
교내 식당에서.
아주 가끔
이성 쌤과 식사.
매일 아메리카노 두 잔.
오전 한 잔,
점심 식사 후 한 잔.
늘 같은 표정과
같은 자세, 같은 어조로
정해진 행동을 하고….
똑같이
타인의 시선을
신경 쓰더라도
화려한 영화 속
주인공처럼 사는
사람은 꽤 있겠지만

이 사람이 주인공이라면
그건 아주 조용하고 지루한
독립 영화일 거야.
엄청 좁은 세트장에서
따분한 일상만 반복하는
아무도 보지 않을 영화.

그럼에도 자꾸
눈이 가는 건
내 취향이라서?
조교님이 특별한
사람이라서?
느리지만 조금씩
마음을 열어주는 게
보여.
조교님을 더
알고 싶어.

진짜 조교님은
어떤 사람일까?
모닝
엑소시스트.
형, 형 거는
완숙으로 할게요.
지은오 23세.
송우윤과
같은 루트 밟는 중.

덜컹-.

부스럭..

소정아.

괜찮아?
어디 안 좋아?

교수님께
말해놓을게.
고마워-

뭐야, 진짜 아프대? 그게 보이냐, 이 뒤에서?
대충 눈치로.
이 새끼 프로파일런가 봐.
덜
컹

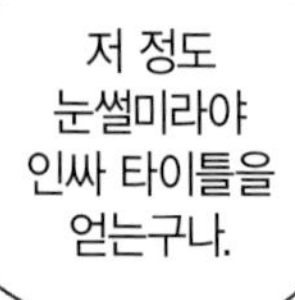
저 정도 눈썰미라야 인싸 타이틀을 얻는구나.

그렇게 열흘 만에 과대인 나보다 직원 쌤들과 친해지고—
아, 그렇지.

출석부.
내놔.
척
기.
와, 진짜….
야, 혹시 행키랑
친해지면 행키가
학점 조작해 줌?
조교님
보러 갈 거야.
*행키: 행정실 키오스크
저놈 저거
아싸 페티쉬
있어서 그래.
시끄러.

매일 아메리카노만
드시네요. 안 질려요?

혹시 단 음료는 싫어하시나요?
…싫은 건 아닌데 카페인이 필요한 거라.

……! 드디어 대화 상대를 해주는구나. 오케이, 단 거는 안 싫어하시고.
그럼 보통 바닐라 라떼나 밀크티도 먹지 않아요?

…커피 안 먹는 사람한텐 이게 신기해 보이나 본데
보통 다들 아메리카노는 매일—
웅성
…….

어디까지 했어?
금요일 제출이라서….

아~.

남 시선을 좀 덜
신경 쓰면 좋을 텐데.

피곤하지 않아요?
별로 이상한 말도
아닌데 남들 있으면
무슨 말도 못 하고.

늘 표정이나 말투, 제스처도
딱딱하게 굳어있잖아요.
카랑!
애들이 농담으로 조교님
행정실 키오스크라고
부르는 거 아세요?

저랑 있을 때처럼
조금만 긴장을 풀면
조교님도—
신경 쓸 수
밖에요.

이렇게 남을 관찰해서
멋대로 파악하고 비웃는
사람이 있으니까.

네? 아…!

조교님!
전 그런 게…!

방금은 제가….

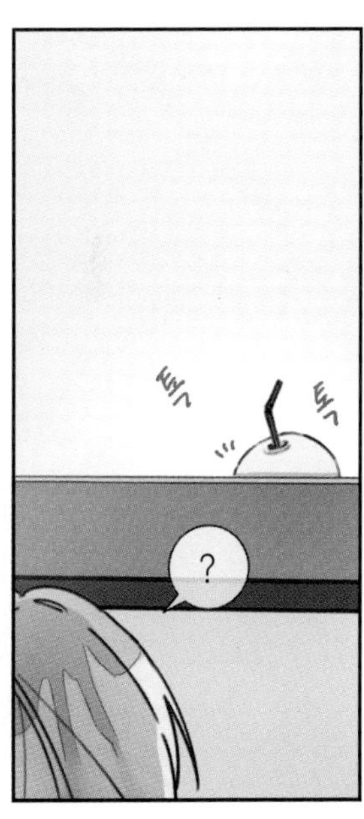
톡
톡
?

스윽
이게
뭐 하는⋯.

……?
은오 수강 포기
기간 놓쳐서
이러니?
그거 우리 손
떠났어.
화끈
그, 그게
아니고⋯.

…어제 제 말은
제가 생각해도
좀 별로였어요.
조교님이랑 친해졌다고
생각해서 다 안다는 식으로
멋대로 떠들고….

이제 제가 꼴도 보기
싫어졌다면 행정실엔 다신
얼씬도 안 할 것을….
움…!

*아샤추: 아이스티 샷 추가

조교님과 특별한
관계가 될 것 같다는
예감이 들었다.

12

지은오

세 번째

형, 저 다음 주에
자취방에 친구
데려와도 되나요?
다음 주?
뭐, 그래라. 나
없을 때면 괜찮아.
누구, 승희?
아뇨, 교양에서 만난
친군데요. 팀플 작업에 녹음도
해야 해서 집에서 하려고요.
토론 강의인가.
어디 보자,
나 12, 13일 빼곤
다 밤에나 올 거야.
12일이 무슨 요일이냐.
거기 패드 달력 좀 봐봐.
넵.
삑
파
앗
12, 13… 읍,
우와아악.

뭘 보고 있던
거예요~~!!!
[장난감이 된 본부장_(상)]
끄악~
쫌만
부끄러워해주세요제발.
하….
톡..
뒤로 가기
내 서재 9999
아니, 대체 몇 권이야.
안 돼요! 이렇게 오래도록
남자만 나오는 야한 만화만 보다간
사람이 이상해진다고요!
이상해져버려~♡
이미 글렀나….

흥. 별로 얼마
안 됐어! 보기 시작한 지
2달 반쯤 됐나.
2달 반? 어,
2달 반이면….

너한테
고백받고 나서부터.

그전까진 남자끼리
사귀는 일이 내 인생에
일어날 거라곤 상상도
안 해봤는데.
압….
그런데 너한테
고백받고
당황스러운 동시에…
달칵 –.
그냥 나도 너를
만나보고 싶은 거야.

그래서
자료조사를 해봤지.
남자랑
만나는 법
말이야.

그렇게 진지하게
생각해서…!
정말 쓸데없이
대학원생 같고…
너무 좋아요,
형…!
뿅~♥
그치만…
내 서재 9999
그치만 이제…
19세미만구독불가
19세미만구독불가
19세미만구독불가
19세미만구독불가
19세미만구독불가
19세미만구독불가
그득,,
그만해도 될 것
같아요, 형…!
19세미만구독불가

우와, 좋다!

다른 애들 자취방 가봤어?
말 그대로 방 하나야.
아~ 나도 친구랑 살까?
짱이다. 이 가벽만
없애면 거의 그냥 어지간한
가정집 넓이겠는데.
안 돼. 형이 삐지면
문 잠그고 숨어야 해서.
? 무슨 소리지.

자, 얼른 과제
끝내고 놀자!
덜컥,
좋아, 좋아~.

친구가 1학년 때 한 과제
보내준 거 있어.
이거 참고하면 금방 할 거야.
예~^^!

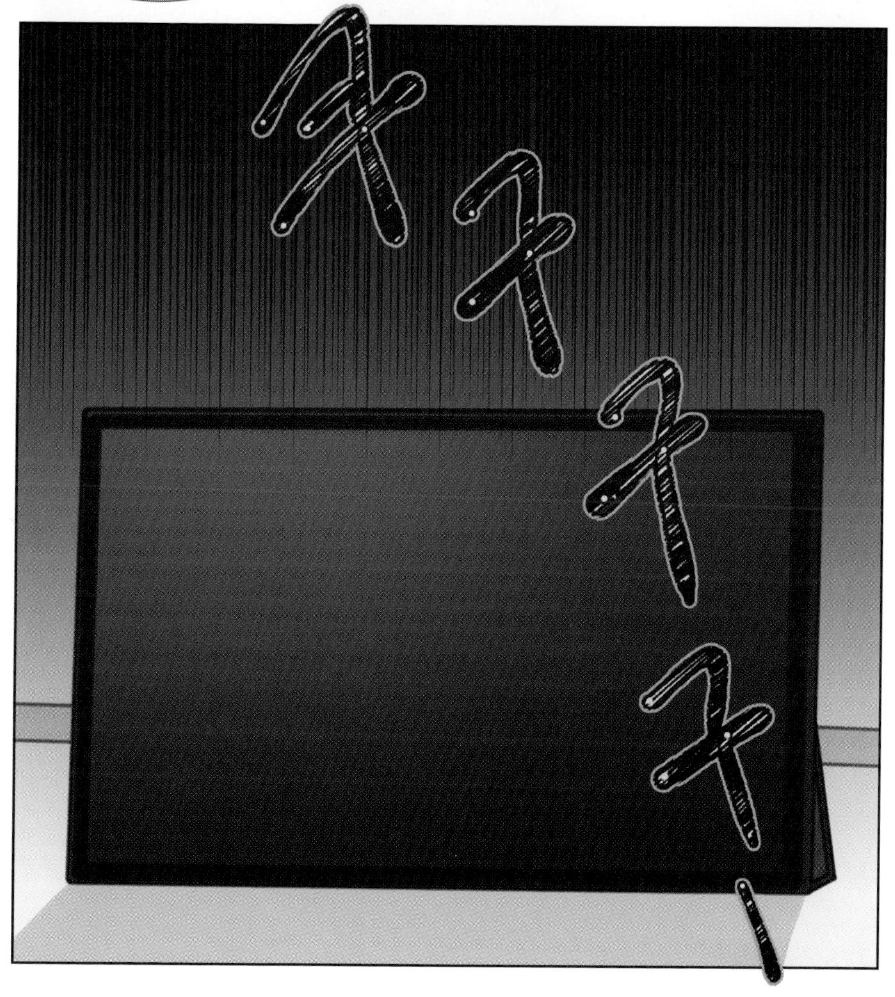
끄그그그그

끝났다!
털
썩
덕분에 빨리 끝냈어.
어떻게 한 번도 안 버벅이고
그렇게 술술 말하지?
그냥 쓴 거 그대로
읽은 건데 뭘. 네 레퍼런스
덕에 빨리 끝났지.
아!
내 정신
좀 봐.
손님 모셔놓고
차 한 잔 안 내놨네.
목 아프지?
뭐?ㅋㅋ.
아 됐어, 무슨 손님
씩이나. 앉아있어~.

마침 콜드브루 사둔 거
있거든. 커피 괜찮아?
콜… 뭐?
커피야?

음…
마셔볼래!

편하게 있어—!
툭.
천천히 해~.

엉?

우와, 화면 짱 커!
이게 몇 인치야.
넷블릭스용인가?

오, 가볍고
좋네.
나도 큰 거로
바꿔볼까.
빡

아아아…!
부서질 것 같아…!

익, 이게…
이게 무슨….
크아아앗
으아아아
퍽
따흐으아
투쾅
죽여달라
HOT~

너무 깊어서
맹장까지 닿았어….
뿌듯.
뭔 개소리야.

은오야, 혹시
시럽 필요해?
화들짝
픽
아니! 아니, 괜찮아!!
짠!
기다렸지~.
와, 와아~.
이건 좀
산미 있는 거고
이건 고소해.
둘 다 먹어보고
맘에 드는 걸로 마셔.

커피 많이 안
먹어본 것 같아서…
…왜 그래?
으응, 아무것도.
그, 그래?

잘 마실게, 고마워.
깜짝이야.
가랑..
방금 그 만화
둘 다 남자였지?
이 자식
남자도 됐나?

매일 같이
다니는 애 여친이
아니었나?
나처럼
남자 여자 둘 다
좋아하는지도.
그런 게 아니라도
여친이 이런 거 좋아해서
같이 볼 수도 있는 거고.

아~! 표정 관리
안 돼!
그러게 왜 남의 걸
함부로 봐선!
내 패드
만지던 습관대로
무심코 켜버려서!
쓰, 쓰다~.
근데 좋은 향이 나네.
시원하고….
그치?^^
아냐, 성인이 야한 거
보는 게 뭐 어때서!
내용은 좀 그랬지만!

평소 같으면 그냥
웃어 넘길 텐데
야, 저
패드 봤다?
취향
한번ㅋㅋ.
헉! 그냥
사본 거야.
너무 당황해서
그냥 꺼버렸어.

그런 걸 볼 것 같은
애가 아니라 그런가….
어때, 괜찮지.
순진하게 생겨서 저런 거
보는구나, 우윤아….
아, 이건 너무 찝찝해.
그냥 말하자.
우윤아.
이 패드
말인데,
패드? 아~
그건 같이 사는
형 거야.
형?

아, 얘 거
아니구나, 다행…
아니, 다행이
아닌가?
저기 나온 거
해보자, 귀염둥아!
같이 사는 형
(상상)
안 돼요, 형!
전 여친이 있어요!
아아… 도와줘,
승희야!
우윤아—!
아~ 시원해.
남자끼리니까
편하네요, 형.
꾸울꺽~
송우윤 너… 너랑
같이 사는 형이 어떤 거
보는지 알고 있냐?
아니, 야한 거 좀 본다고
이상한 사람은 아니지만
그래도 그런 취향은 알아?

아니다, 뭘 걱정해.
얘도 덩치 있는 군필
성인 남성인데.
아니, 근데 잘 보면
애가 키만 컸지 삐쩍 말라서
영 비실비실한 게…
성격도 살짝
맹하고…

강하게 밀어붙이면
넘어올 것 같은
타입이지.
*지은오 개인 의견
나라면 여친이랑
헤어졌을 때를 노려서
어떻게 잘….
*개인 의견

그 형도 그걸
노리는 거 아냐?
아님 우윤이가 알아채길
바라나? 그래서 저렇게
당당하게 잠금도 안 하고…!
형은 왜 그렇게
입이 큰가요?
아아… 한 입에
잡아먹기
유리하지.
애 뭔 일
당하는 거 아냐?
방금 전까진
믿음직하던 팀원이
향 좋다.
순진하고 연약한
피식자로 보인다….

…우윤아.
너 같이 사는 형—
삑 삑 삑—!
삐로록—!
쿵—…

!
획
헉! 잠시만!
형! 친구 있어요!
버럭!
평소 귀가 풍경
지녕 귀환!!
포올
짝—!

알아.
신경 쓰지 마.
금방 갈 거야. 중요한
USB를 두고 와서.
탁
탁
우윤니~♥
헉! 그 형…!

어…?
방금 그 목소리….

와
장
ON AIR
창

깨ㅇ
차ㅇ…

친구란 게
은오 학생이었어?
어?
아는, 아는
사이예요?
우와, 이게
무슨 인연이래,
형 온 김에
잠깐 이야기….
저…
지은오, 23세.
타고난 넉살과 친화력으로
이제껏 여유를 잃지 않고
모든 일을 요령 좋게 넘겨온
걸림돌 없는 삶을
만끽하는 즐겁고
행복한 청년.

크게 다르지 않은 듯.

13

캠퍼스 커플

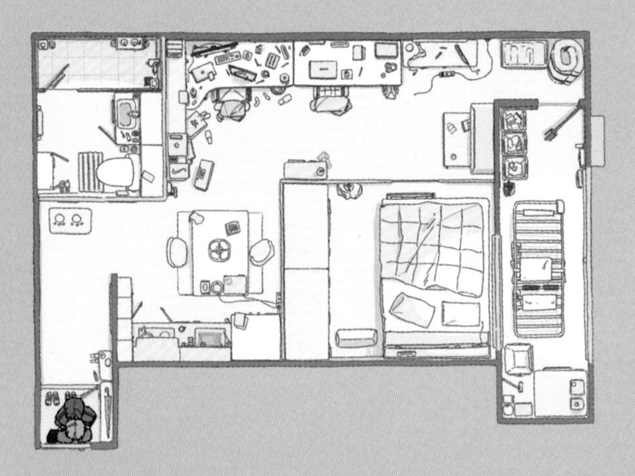

타닥
타닥

바쁘신가 봐요~?
탁.

히죽-

형!
파아

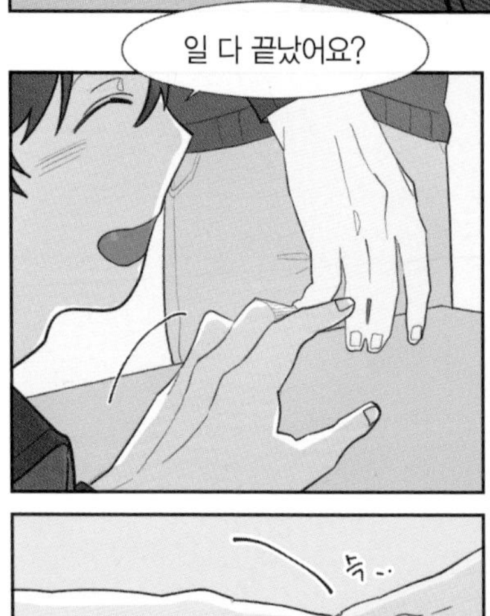
일 다 끝났어요?

저벅
핏

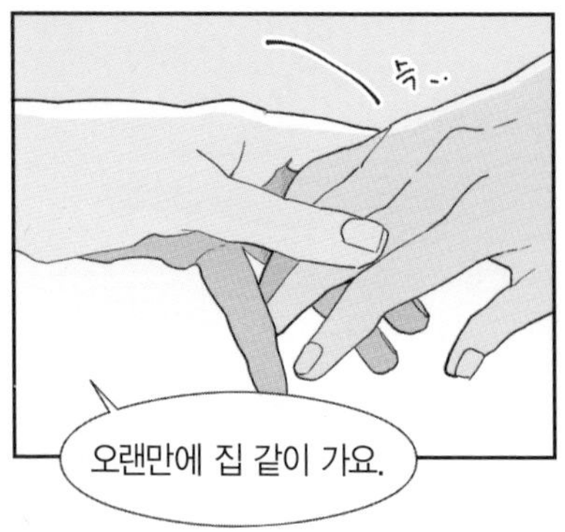
슥..
오랜만에 집 같이 가요.

짜악
아.

방금 따귀
소리 안 났어?
툭
툭
뭐야, 싸우나 봐.
얼른 가자.
형은 CC 로망
같은 거 없어요?
파삭-
우리도 가자.
울먹-!
울먹-!

C:C
에틸렌 결합 로망이라.
로맨틱…
모르는 척하지 마세요!
캠퍼스 커플이요!
으앙!

고등학생 때부터
올해 초까지
캠퍼스 커플은
제 로망이었다고요.

전 고등학교 땐
공부하느라 바빴고
중학교 때 여자친구
2주 만난 게 제 인생의
연애 경험 전부예요!

형이랑 사귀고
늘 꿈꿨는데!
같이 캠퍼스를
손 잡고 걷고
도서관 데이트도 하고!
학생회관 옥상 카페
테라스에서…!
송우윤의 로망.
교내 데이트 명소.
늘 만석이다.
시험 기간 과실에서 밤새고
오픈 때 승희랑 좀비 꼴로
간 게 처음이자 마지막.
흡…!!
같이 커피도 마시고…!!
대학원생 조교가
학부생이랑
동성 연애….
학교 커뮤니티를
뜨겁게 달구고 사이좋게
동반 자퇴하겠군.
휘이이—
꽉!
비밀 연애도 CC의
묘미 아니겠어요!

그런 소문 퍼져서
매장당하는 건 사양이야.
부디 학교에서는
어깨도 닿지 말자.
피식
비밀?
아서라.
어디 그게 숨겨지나.
오늘처럼 교내에서
슬쩍 손잡고 그러면
3일 만에 총장도 알겠다.
울컥…!
그렇게 무서우면
대화는 어떻게 하고
동거는 어떻게 해요?!
좋다 이거예요~!
아예 떨어져 걷죠!
소문 날라!!
홱

바보 같은 우유니.

복학생이 무슨 CC 로망이야.

타닥

같이 가.

그 좁은 사회에서 구성원들의 이야깃거리가 돼서 붙었다 찢어졌다 무슨 꼴이 되는데.

우유니, 대졸 형아가 해주는 공짜 조언 잘 들어.

CC의 결말은 파멸뿐이다!

형… 형 포트폴리오에
써져있었어!
우진형
안녕하세요,
발기재랄한
SKILL
Ps
80%
Ai
70%
Sex
100%
또냑!
되겠냐.
CC의 결말은 늘
이런 식이라고!

탕-
우윤아.
삐죽
왜요.
쪽.
생각해 봤는데
밖에선 떨어져 있어도
이 원룸에서는
우리 이렇게 뭐든
할 수 있잖아.

우리 우윤이,
동거 로망은 없어?

쿵!
!

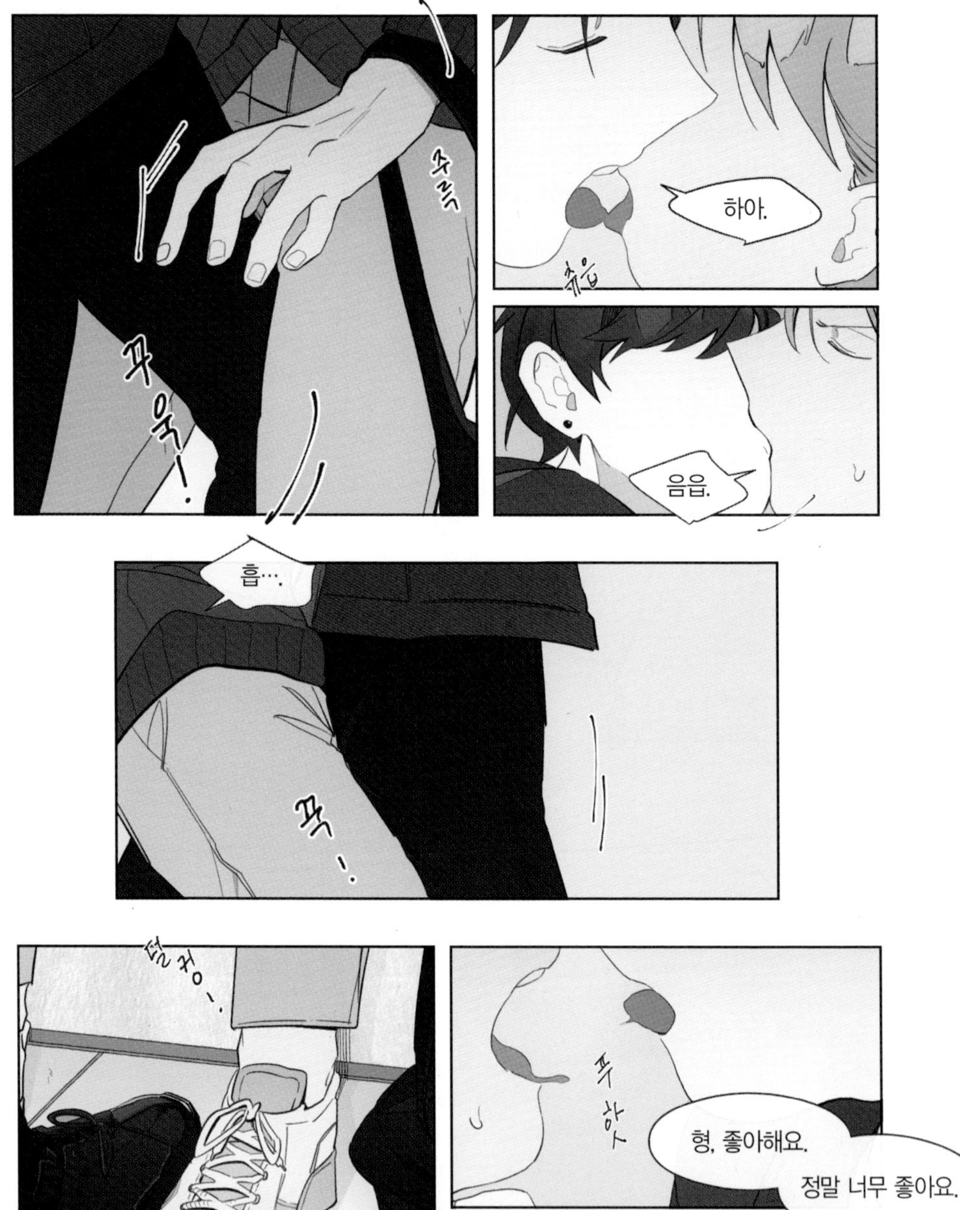
꾸욱!
하아.
츄읍
음읍.
흡….
꾹!

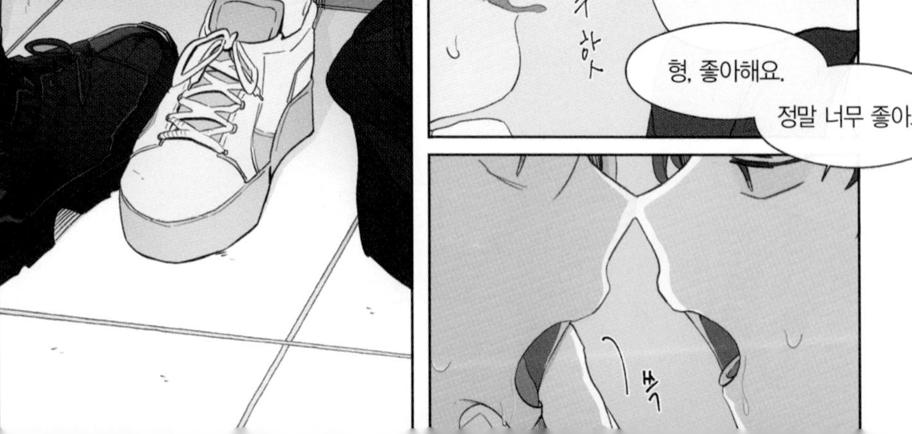
형, 좋아해요.
정말 너무 좋아요.

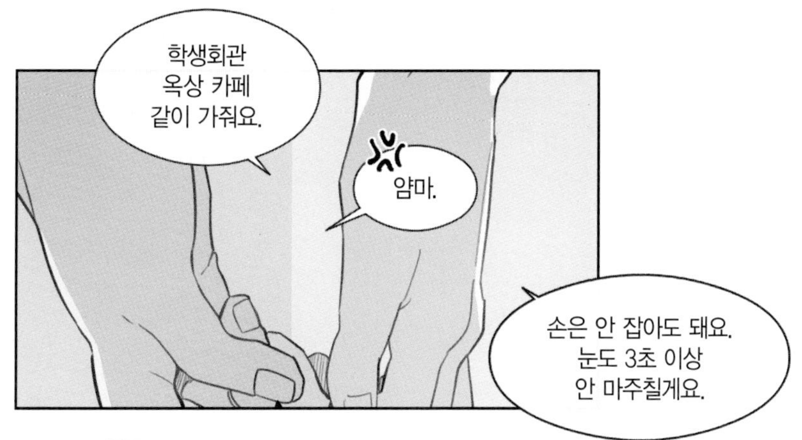
학생회관
옥상 카페
같이 가줘요.
얌마.
손은 안 잡아도 돼요.
눈도 3초 이상
안 마주칠게요.

행정실 일 얘기만
해도 좋아요.
뭣하면 승희도 같이
가죠. 일 도와준 학생들
커피 사준다고 하고요.
학사 일정 얘기하면서
미대 앞 화단 산책해요.
식당에서 학식 먹고
학교 앞 맛집도 가요.

이 원룸 밖으로
나가서도
여기서 형이랑
즐거웠지, 하고
떠올릴 수 있게.
형이랑 제가
매일 있는 학교에서
같이 커피도 마시고
책도 읽고,
식사도 하고
평소같이 의미 없는
대화도 하고
제가 있는 곳곳에
형과 함께한
추억을 만들어줘요.

잠깐….

등 아파.
도어락이랑 문고리에
부딪혀서….
헉!

괜찮아요?
어디 봐요.
파

난 할 일이
있어서 이만.
우윤이 아래의 그건…
알아서 해결하도록.

흑흑흑흑….

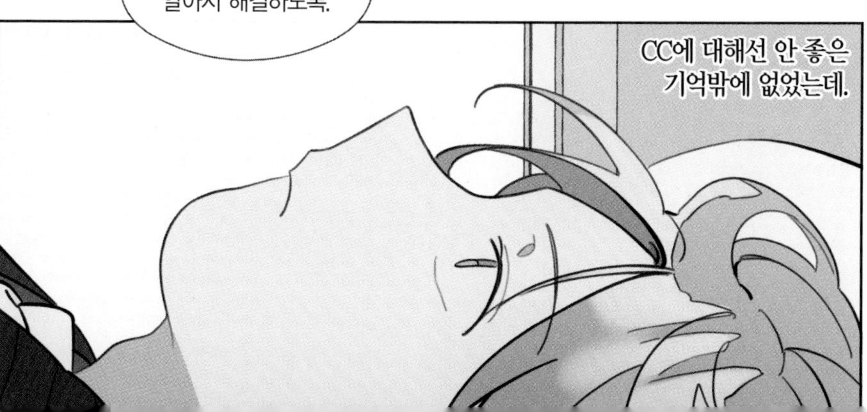
CC에 대해선 안 좋은
기억밖에 없었는데.

제가 있는 곳곳에
형과 함께한
추억을 만들어줘요.

부들
화아끈
부들

젠장,
문과로 전과해.
달콤하고 난리!!
빠
빠
다 들려요, 형.

14
가족

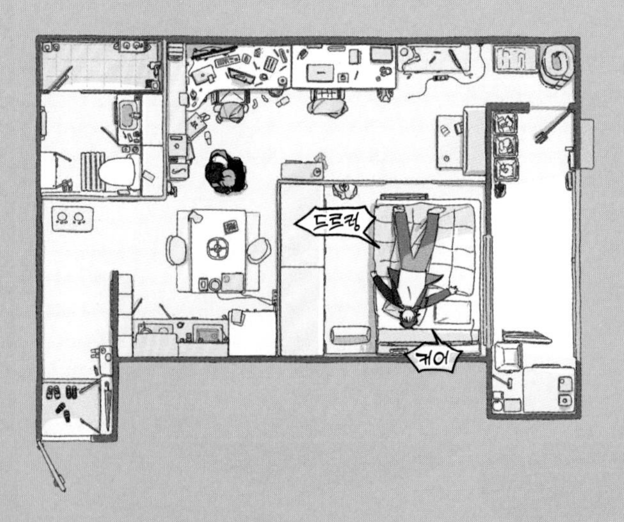
드르렁
커어

딩동-!

철컥
택밴가.

? 뭐야.
네?

뭐 해,
친구분이시잖아!
퍽!!
죄송해요!!
크다….

안녕하세요~.
우윤 오빠 동생이랑
그 친구 유경입니다!
어우, 좁아! 이딴 데서
남자 둘이 잘도
고추 비비면서 산다!
쿵!
오빠
안녕~.
안 비볐는데.
아직 안 비볐는데.
동생이
우리 사이
알아?
아뇨, 그냥 원래
입이 걸어요.
자,
엄마 반찬.
탁.

내 볼일 끝.
니들끼리 염병을
하시든지.
벌러덩

아, 아연아…!
그래도 형이랑 같이
사는 집인데 그렇게….
안절
부절
아이고야.
드르렁-

죄송해요, 형…!
동생이 좀…
특이하네.
어쩌겠어…. 우리
둘이 같이 덤벼도
재 못 이길 듯.

아연인
신경 쓰지 마시고
와서 마카롱 드세요.
쉽지 않은 요구인걸.
내 집에 이호선 할아버지가
누워있는데.

걱정 마세요.
저래 봬도 생각보다
멀쩡한 애예요.
선물도 사 왔어요.
드립 커피.
맞아요…! 아연이가
형 뭐 좋아하는지
물어봤어요.

제가 좋아하는
마카롱도 사 오고!
화아~
아, 그건 제가 산 거예요.
우윤 오빤 변기 물이나
마시라던데요.
백화점 거네….
고마워라.
아연이 첫인상이
좀 그렇죠. 그래도
우윤 오빠 동생인데
귀엽게 봐주세요.
저래도 가끔
배려도 하고 남도
잘 챙겨요.
맞아요!
제 동생이라 하는
말이 아니라
아연이 저렇게
개망나니 같아도
지나가는 할머니 짐
들어주는 애예요.
오… 오키.
캐릭터 파악했다.
호감상이네.
맞아요, 맞아요!
의외로 착하고 남들도
엄청 잘 챙겨서

고딩 때
따돌림당하는 저
도와주기도
했거든요.
야, 왜 사람
얼굴을 안 봐.
그땐 맨날
말도 없이 바닥만
보고 다녔는데
야, 나
음악실
데려다줘.
쟤가 무대뽀지만
저 데리고 여기저기
끌고 다니면서
많이 도와줬어요.

덕분에
저도 유령에서
사람 됐죠.
^^

…그…
힘들… 었겠네. 근데 초면에 이런 무거운 얘기 들어도 되나.
갑자기…
불편…
헉!
아뇨, 그냥 송아연 포장하려고 한 말인데! 헤헷.
무겁게 듣지 마세요!
막 뉴스에 나오는 무시무시한 게 아니라 무시하고 뒷담 까는 유치한 애들 따돌림이었어요.
어릴 때 일인걸요. 다 옛날 얘기죠.

저도 이제 성인인데 다 커서 어릴 때 일로 영영 슬퍼할 수도 없잖아요.

맞아….

형은 나오지 마세요.
역까지만 데려다
주고 올게요.
잘 쉬다 가요.
안녕히 계세요~.
저녁 뭐 먹냐.

끼이—.

톡.
전화받아.
5:26 PM

뚜르르—..

달칵
네, 아버지.
우진형.
너 뭐 하자는 거야?
멋대로 대학원
진학하더니 집 나가서
연락도 안 받고.
어디 독립을
이딴 식으로 해?
너 학비는 어쩌고 있어?
이제 학기 다 끝나가는데.
그리고 대체
어디서 지내는 거야?
너 땜에 너희 엄마가
학교 근처 하숙집 다
돌아다닌 거 알아!
학비는 면제고
일도 하고 있어요.
제가 알아서
할게요. 저도 이제
성인이에요.
하….

네가 퍽이나….

네가 남들만큼만
멀쩡한 놈이었음
나도 이렇게까지 참견 안 해.

거기 사람들이랑
말은 하냐?
……….

우진형,
정신 차려라.

어릴 때 일 때문에
그렇다 이해해 주는 것도
1, 2년이지.
아주 평생을 그러고
살 셈이냐?
너
26살이야.
이제 그렇게
살면 안 돼.
더 이상 어리지 않다고.
남들은 취업하고 빠르면
결혼도 하는 나이야.
지금도 봐,
애비가 쓴소리
좀 했다고 말도 없이
집을 나가는 게 어디
성인이 할 행동이야?

어차피
너 그 대학원도
도피로 간 거 아니냐.
네가 그러니까…
야.
탁
진형아, 엄마야.
어디, 어디서 지내,
잘 지내니?
밥은 어떻게,
잘 먹고?
너희 아빠가 괜히
또 저런다.
다 너 걱정해서 그래.
너 돌아오길 기다리고 계셔.
대학원이고 취직이고
다 힘들면 그냥
집으로 돌아와. 알았지?
우리가 너 취직 자리 하나
못 마련해 주겠니.
전공은 못
살리겠지만… 그래.
그리고 어디서 지내,
진형아. 엄마가 얼마나
걱정하는데….

요즘도 밖으로 나오지
않는 건 아닌지….

걱정 마세요. 저 잘 지내요.
빠빠빠
덜컹
다행이다…. 그래, 용돈, 돈은 어떻게….
친구 와서 이만 끊을게요.
진—
뚝
다녀왔어요, 형!

이젠 저녁에도
자켓 입으면
더운….
와락

너 동생이랑
엄청 사이 좋더라.
뜨악
그런가요?
아, 아연인 잠만
자다 갔는데….
친구랑 둘이서
잔뜩 칭찬했잖아.
두근
두근
그건…! 아연이가
좀 무례해서 형이
싫어할까 봐….
동생 변호하는 게
버릇돼서….

나도 너랑
형제였으면
어땠을까?
남들이랑 말도 제대로
못 하는 얼간이라도
넌 형이라고 엄청
변호해 줬으려나.

아, 안 되겠다.
우리 형제였으면
지금처럼 이렇게
못 비비잖아~.

……!!
어이구야.
진짜 형제였음 일 났겠네.
부들…
이래놓고 나한텐 혼자 해결하라고 하고 자긴 방에 쏙 들어갈 거면서~!
끄야약~
퓹크크.
비비적
이제 보니까 이 형 그냥 내 반응 보면서 놀리고 있잖아~!
너무해~.

근데 가족이었으면
너도 나 하는 꼴 보고
정 떨어져서
나 싫어했겠다.
네? 무슨, 아녜요!
아연이에 비하면 형은
완전 애교예요!

짐 든 할머니한테
도움은커녕
말도 못 거는
사회 부적응자여도?
아니, 형 그 정도
아니잖아요?
오늘 처음 본 유경이랑도
잘만 말해놓고!

아냐, 기억 안 나?
너랑 만나기 전에 나
아무랑도 말 못 했던 거.
어…? 근데 요즘은
쌤들이랑 대화
꽤 하지 않아요?
승희랑도….
응.

네가 날 변하게 했어….

형…!
찌이잉~~♥
꺄악~♥
……….
…있잖아,
우윤아.
내가 고등

2권으로 계속

BONUS

BONUS

지은오,
23세.
취미는
사랑.
조교님~♡
요즘 빠진 사람은
신비주의인
행정실 조교님
거기
두고 가세요.
앞으론 그냥
밖에 두고
가도 됩니다.

전 조교님 얼굴
보러 오는 건데요?
예, 계장님.
전화
받았습니다.
까톡
이랑,
미팅에서 만난
간호대 친구.
같이 밥 먹자~
생각해 볼게…
이번 주는 좀…
다음 주도…
우리 학교랑
가깝다~.
이번 주말에
뭐 해?
S여대는
축제 언제야?
아르바이트
하다가 만난
S여대 학생.
…….
…….

누나~♡
쌔
……!!
앵
러닝할 때
자주 마주치는
직장인 누나.

그리고…

은오야.

스윽—
쨔억
?
교양에서 친해진
예쁘고 맹한 녀석.

NO Thanks.
~!
……
……!!
좋아하는 사람 수는
때에 따라 다르지만
보통 3~8명 정도이다.
주물
주물

주로 내향인을 노리고
여기저기 들이대는 게
티 나서 항상 차이지만
크게 개의치 않는다.
음— 좋은 냄새 난다.
그래? 샴푸일걸?
습—
사귀는 사람이 생기면 일편단심!

BONUS 마침

우진형

나이: 26세
전공: 머시기시스템 어쩌고전공(대학원생)
MBTI: INFP
키: 176cm

좋아하는 동물: 강아지
좋아하는 색: 흰색, 회색
수입: 프리랜서, 행정 조교
1일 2~3커피(아메리카노/라떼).
편한 옷과 운동화 선호.
송우윤을 귀여워함.

송우윤

나이: 23세
전공: 생명과학과(2학년)
MBTI: ENFJ
키: 182cm

좋아하는 동물: 고양이
좋아하는 색: 파랑, 검정
수입: 용돈, 과외, 근로장학금
단 커피 좋아함.
매일 아침 30분 헤어 세팅.
우진형을 특이하다고
생각하지만 장단 잘 맞춰줌.

윤승희

나이: 23세
전공: 생명과학과(3학년)
MBTI: ISTP
키: 161cm

좋아하는 색: 카키
송우윤의 고등학교 동창.
같은 대학을 와서 더 친해짐.
아이돌을 좋아함.
여러 그룹의 라이트 팬.

송아연

나이: 21세
전공: 통계학과(2학년)
MBTI: ESTP
키: 174cm

어릴 때부터 호전적이고
불같은 성격.
간죽간살. 친구 많음.
오빠 안 좋아함.

지은오

나이: 23세
전공: 신소재공학과(2학년)
MBTI: ESTP
키: 181cm

좋아하는 동물: 이구아나
좋아하는 색: 빨강
왼손잡이.

유어마나
www.your-mana.com